ピーチとチョコレート
福木はる
Haru Fukugi
講談社

ピーチとチョコレート

1

パジャマ、肌着《はだぎ》、ブラ……。ありとあらゆるものをはぎとって、祈《いの》るような気持ちで体重計にそっと足をのせた。映し出された数字を見て、う、と声をつまらせる。体重計から降りて、鏡の前に立った。このだらけたウエストに、はれぼったい顔、輪郭《りんかく》のぼやけた体。まるで発酵《はっこう》しすぎたパン生地《きじ》みたいだ。

あー、だめ、だめ。これ以上直視していたら、立ち直れなくなってしまう。

気をとり直して床《ゆか》に脱《ぬ》ぎ散《ち》らかした下着を拾って身にまとい、クローゼットにかけてあった制服という名の戦闘服《せんとうふく》を装着した。そして、最後のひと仕上げに、小箱から真っ白なマスクを一枚引《ひ》っこ抜《ぬ》く。鏡に一歩近づき、手慣れたしぐさで片耳ずつひもをひっかけて、肩《かた》まで伸《の》びた横髪《よこがみ》を慎重《しんちょう》に整えた。これで「大城萌々《おおしろもも》」の完成だ。

マスクはわたしに与《あた》えられた唯一《ゆいいつ》の武器。攻撃力《こうげきりょく》こそないものの、防御力《ぼうぎょりょく》ならまあまある。だって、この大福みたいな顔を半分も隠《かく》してくれる相棒なんだから。感染症《かんせんしょう》が落ち着いたって、一生手放すつもりはない。

「よし」

半分になった自分の顔に向かって、わたしは大きくうなずいた。

「いってきまーす」

「え、ちょっと、萌々、朝ごはんはー！」

部屋を出て、ママの声を振《ふ》りきって玄関《げんかん》に向かう。わたしを待ちかまえているくたくたのスニーカーと目が合って、思わずため息がこぼれ落ちた。

ほんとうは、コンバースを履《は》いてみたい。くるぶしをすっぽりおおい隠すハイカットに、ワンポイントで星のマークがついているやつ。でも、きっとわたしには似合わない。あの細身のデザインには、こんなむっちりとしたふくらはぎじゃ、ちょっと……、ね。

履きなれた靴《くつ》に足をつっこんで玄関のドアを押《お》し開《あ》けると、ぶわっと生あたたかい風が吹《ふ》きこんできた。外に出ると、冬なんてきれいさっぱり忘れてしまったみたいな清々《すがすが》しい空が広がっている。風が吹《ふ》き抜《ぬ》けるたびに、軒先《のきさき》のショッキングピンクのブーゲンビリアがゆさゆさゆれる。どこの家からも、塀《へい》からなだれ落ちるように花や緑がぶら下がっている。

沖縄では、この季節を「うりずん」と呼ぶ。冬が終わり、梅雨《つゆ》がはじまるまでの短い春のことだ。きっと本土では、薄紅色《うすべにいろ》の桜が空をおおうころだろう。けれども、こっちでは若葉がいっせいに芽生え、もりもりと草木が息吹《いぶ》く。力強くて美しい大地のうるおいはじめの季節、それがうりずんなのだ。

浮《う》き足立《あしだ》った春の街をかけ抜《ぬ》ける、しめり気の多い風。その風がやむと感じる、冬の忘れ物みたいな澄《す》んだ空気のにおい。

ふと立ち止まって、目を閉じる。期間限定のこの空気を体中に閉《と》じ込《こ》めておきたくて、胸いっぱいに息を吸い込もうとした、そのときだった。

「よ!」

「いたっ」

うしろから肩《かた》を思いきりこづかれた。顔を見なくたってだれの仕業かわかる。ため息をつきながら振《ふ》り向《む》いて、「……なに」と不機嫌《ふきげん》ににらみつけた。

そいつはわたしの横にぴったりと自転車をつけると、にやにやとこっちをのぞきこんできた。

「タロったら、朝から空なんか見上げちゃって、エモいなー」

ああ、よりによって、いちばん会いたくないやつに遭遇《そうぐう》してしまった。せっかくのはじまりの朝がだいなしだ。

こいつは金城由快《きんじょうゆかい》。楽しそうなのは名前だけで、いちいちよけいなことを言うんだから、もういっそ、金城不愉快《ふゆかい》に改名してしまえばいい。

家はとなり。お互《たが》いの母親は仲良し。おまけに年は同じで、なんと誕生日までいっしょ！ いくら少女漫画《まんが》も真っ青なシチュエーションだとしても、それが主人公にとってハッピーかどうかは相手による。大事なことだからもう一度。相手に、よる！

一秒でも早く離《はな》れたくて競歩並みのスピードで足を前に突《つ》き出《だ》しつづけているというのに、よゆーしゃくしゃくと自転車を押《お》してついてくる。ああ、憎《にく》たらしや。

「今年は同じクラスならいいのになー、おれたち」

「は？ あんた、なにばかなこと言ってるの？ 絶対いや。死んでも無理！」

「ひどっ。そこまで言う？」

「言う、言う」

「あのね、おれはこれでもけっこう人気あるんですー。ま、タロはべつの小学校だったから知らないのかもしれないけど」

知ってる。だからいやなのさ。

由快は、弱小サッカー部を県大会出場まで率いたエースだ。その上、このおばかな性格に反比例して、整った顔立ちをしている。ゆえに、モテる。こいつに告白した子たちの噂《うわさ》をこれまで何度耳にしたことか。そんなやつと幼なじみだなんて知れたら、めんどうなことになるに決まってる。わたしは、とにかく平穏《へいおん》無事に学校生活を送りたいのだ。

「いい？　廊下《ろうか》で見かけても絶対に話しかけてこないでよね。絶対だよ？　わかった？」

「はいはい」

「わかったなら、さっさとお行き、しっ、しっ」

「やだー、タロったら思春期なんだからー。じゃあね〜」

そう言ってサドルにまたがると、手をひらひらさせて行ってしまった。

やつはわたしを「タロ」と呼ぶ。近所の公園をナワバリにしていたころ、仲間のだれかがいじめられたと聞きつけては、敵陣《てきじん》に乗《の》り込《こ》んで成敗するなんてことがよくあった。由快はいつも「桃太郎《ももたろう》さま！」とわたしのあとをついてきた。そう、桃太郎の「タロ」なのだ。うまいことやった日には、お気に入りの桃の飴玉《あめだま》をほうびにやった。けんかしたあとは、仲直りのしるしにいっしょに食べた。

そんな中、小学校に入学する春、我《わ》が家《や》はパパの転勤で那覇《なは》に引《ひ》っ越《こ》した。そして月日は流れ、今度は親の離婚《りこん》で中学入学にあわせてこっちに戻《もど》ってきたというわけ。久しぶりに会った幼なじみの思わぬ成長っぷりに、わたしは心底驚《おどろ》いた。

由快のうしろ姿を見送って、はあーと頭をたれた。調子狂《くる》うなあ、もう。

あいつ、また背が伸《の》びたんじゃないの。肩幅《かたはば》も広くなったみたいだし。

「かわいかったのになあ、チビ由快……」

光の世界をバクシンする由快は、きっとそのうち、こっちを見向きもしなくなるだろう。おいてけぼりをくらったような気持ちになって、ほんのりセンチメンタルになってしまう。

……っと、いけない。完全にペースを崩《くず》された！　まったく、新学期初日の朝だってのに。わたしはわたしの世界をご安全に生きられればそれでいい。ほっぺたをペチペチとたたいて、気を取り直して歩き出した。

学校に着くと、正面玄関《げんかん》に人だかりができている。新しいクラスの氏名表が貼《は》り出《だ》されているんだ。

「ももちー！」

だれかがわたしを呼んでいる。声がする方へ目をやると、人だかりをかきわけてこっちへやってくる茉奈《まな》の姿が見えた。茉奈は全速力でかけよってくると、わたしに思いきり飛びついた。

「聞いて！　わたしたち、また同じクラス！」

「えっ！　それほんと⁉」

「ほんと、ほんと！　早く教室に行こう！」

茉奈に手を引かれ、人ごみをすり抜《ぬ》けて靴箱《くつばこ》の前で上履《うわば》きに履きかえる。はずむように階段をかけ上がる茉奈を追いかけて、息を切らしながら教室に入ると、なじみの顔が迎《むか》えてくれた。

「おー、来た、来た」

「ももちー、今年もよろしくー」

アキちゃんと、ほのかだ。バレー部のアタッカーでさっぱりとした性格のアキちゃんと、脱力系帰宅部女子《だつりょくけいきたくぶじょし》のほのか。そして、いつもおしゃれにメイクにと、かわいくなるための努力を惜《お》しまない茉奈。三人は小学校からの仲良しだ。

入学式の日、知り合いのいないわたしをグループに引き入れてくれたのが、ほかでもない茉奈だった。アキちゃんとほのかも、こころよく歓迎《かんげい》してくれた。こんないい子たち、ほかにいる？
というわけで、中学入学は想像以上に順調なすべり出しになった。由快が体格も憎《にく》まれ口《ぐち》
も大幅《おおはば》に成長してしまったことをのぞいては。
でも、安心はできない。いつまでもこの安全圏《あんぜんけん》で暮らせるように、このグループにはもも
ちが必要だって三人に思ってもらわないと。だから、おどけて、テンション上げて、笑わせ
る。それがこのグループでの、わたしの役割。
「うそでしょ⁉　四人全員同じクラスなんてありえる？」
「まじで神だわ。しかも、聞いて驚《おどろ》くことなかれ。今年も米《こめ》ティが担任なんだって！」
ひゃおーん！　と喜びのあまり宙に向かって吠《ほ》えた。
米須盛之《こめすもりゆき》。御年《おんとし》、五十七歳《さい》。米須ティーチャーを略して「米ティ」だ。定年待ちのやる気
のない感じが、わたしたちにとってはちょうどいい。四人をひとり残らず同じクラスにして
くれたのは、米ティの優《やさ》しさなのか、それとも惰性《だせい》なのかはわからないけれど、とにかく最
高！
「じゃま」。四人できゃいきゃいはねていると、うしろから低い声がふってきて、あわてて

とびのいた。グレーのパーカーのフードを深くかぶった女子が、こっちをにらみつけている。

彼女《かのじょ》の名前はたしか、新垣《あらかき》メロディ莉愛《りあ》。茶色い肌《はだ》の色をして、すらりと背が高い。一年のときはちがうクラスだったけれど、ときどき噂《うわさ》には聞いていた。気性《きしょう》が荒《あら》いとか、あまりよろしくない人たちとつるんでいるとか。

新垣さんは、蛍光《けいこう》グリーンのリュックをロッカーに放《ほう》り込《こ》むように雑にしまい、教室のうしろのすみの席に頬《ほお》づえをついて座《すわ》る。圧倒《あっとう》されてその姿を見つめていると、不機嫌《ふきげん》な灰色のかたまりの下に隠《かく》れていた大きな瞳《ひとみ》と目が合った。「なに見てんだよ」とでも言い出しそうな目つきにひるんで、わたしはあわてて顔をふせた。

「げ。メロディと同じクラスじゃん」

だれかが聞こえよがしに言う。おそるおそる声のする方をのぞけば、女子が数名で固まって、新垣さんにちらちらと視線を向けている。高原《たかはら》さんたちのグループだ。うわー、いやな雰囲気《ふんいき》。

「今年もフードキャラ？　アメリカ人アピールもそろそろしつこくない？」

「いや、ハーフなんだって。あ、ミックスって言ったほうがいいんだっけ？」

「しーっ、聞こえるって」

いじわるに笑い合う声が耳にこびりつく。それまで楽しげだった教室の空気が一気によどんで、わたしたち四人はそそくさとそれぞれの席に散っていった。

机の中に荷物をしまっていると、だれかがむかいに立った。

「ターロちゃん♪」

この声は。おそるおそる顔を上げると、満面の笑《え》みの由快がそこにいた。

「なんで⁉」

「なんでって、同じクラスだし。あれ、クラス表、見てないの？」

「うそでしょ、終わった……」

「ももち、どした？」

白目をむくわたしを、今年もとなりの席になった茉奈が心配そうにのぞきこんでくる。秒で「離《はな》れろ」の念を送ったのに、由快はそれを無視してキーホルダーを顔の前でぶらぶらさせながら言った。

「なー、タロ、これ、預かってて？　弟の鍵、なぜかおれのカバンに入っててさ。おれ、今日部活で遅《おそ》くなるから、かわりにタロが開けてあげてよ。な、頼《たの》む！」

「ちょっと、しいっ！」

由快の手から鍵《かぎ》をうばいとり、あわてて唇《くちびる》の前に人差し指を立てるけれど、時すでに遅《おそ》し。むだにばかでかい由快の声は教室のすみずみまで行き届いたようで、「え、なに、あのふたりってどういう関係？」と周囲がざわつきはじめた。

「どういうこと？」

わたしと由快の顔を見比べて、茉奈が目を白黒させている。

「おれたち、幼なじみなの。となりの家に住んでんだ」

「え、そうなの!?　知らんかった」

「おまけに誕生日もいっしょでさー」

だまれ！　個人情報やぞ！

「それ、まじ？　すごいじゃん」

どよめきがさざ波のように教室に広がっていく。あれよ、あれよという間に、わたしたちの周りに人だかりができた。

「へー。それじゃ、大城さんと由快くんって仲いいんだ。なんか意外な組み合わせ」

高原さんだ。なにがどう意外なのかは……、聞かなくてもわかるけど。

「仲いいとか全然！　ただ家がとなりってだけで、それ以上のことはなにもないよ～！」

「ふうん、そうなんだ～」

高原さんととりまきの女子たちが、納得《なっとく》いかなそうにうなずいている。

だー!!!　だーかーらー、知られたくなかったのに！　あたしゃ、不必要に注目を浴びたくないんだよ！　由快をにらみつけると、由快のやつ、しれっと目をそらしやがった。

「はーい、みなさん、朝のホームルームがはじまりますよ～。解散、かいさーん」

アキちゃんとほのかがやじ馬たちを散らして、同情を目に浮《う》かべながらドンマイ、ドンマイとわたしの肩《かた》をたたいてきた。

「タロって、なに？」

茉奈が眉《まゆ》を寄せている。

「あー、萌々だから桃太郎《ももたろう》って。そこから、太郎→タロ、みたいな」

「へえ」

横髪《よこがみ》を指にくるくるとからませる茉奈の表情がどんどん曇《くも》っていく。まずい。きっとわたしが隠《かく》しごとをしていたことに、ややご立腹なんだろう。茉奈はそういうところ、少し神経質だから。

「あんたねー、女子に向かって太郎はないでしょ、太郎は」

アキちゃんがあっけらかんと文句を言うと、由快が口をとがらせた。

「おれはいいの。それより、お前らのそれのほうがないでしょ。なんだよ『ももち』って。どうせタロが『おもち』みたいだから、そんなあだ名つけたんだろー」

「は!? ちがうし!」

アキちゃんとほのかと茉奈が、いっせいに顔を見合わせた。

「ちがうよ、ももち。全然、ちがう!」

「そうだよ。うちら、そんなつもりで呼んでないから!」

「ももちがいやなら、呼び方変える!」

三人の全力の弁明に、思わずのけぞった。ちょいと、ちょいと。落ち着いてよ、みんな。おもちでも大福でも、どう呼んでくれたってこっちはかまわないんだからさ。

あはは……、と苦笑いを浮《う》かべるわたしの両手をすくいとって、茉奈がまっすぐに見つめてきた。

「ねえ、ももち、聞いて。ももちは、すごーくかわいいよ。おもちだなんて、だれもそんなこと思ってないんだからね?」

うほ、とむせそうになって、あわてて息を飲《の》み込《こ》んだ。「すごーくかわいい」だって！

おせじも度を過ぎると一周回っておもしろい。

「かわいい？　うん、うん、知ってる～♡」

ほっぺたに手を当てて、おおげさにぶりっこポーズをしてみせる。

「ひゃはは。ももち、やっぱあんた最高だわ」

笑い上戸のアキちゃんがけらけら笑って、茉奈とほのかもようやくほっとした表情を見せた。

ふはー。どうにか切《き》り抜《ぬ》けた。じろりと由快をにらみつけると、あいつってば、ふっと鼻で笑いながら席に戻《もど》っていきやがった。まったく、波風を立ててくれるなよな！

「で、ほんとのところは、どうなわけ？」

周りから人がいなくなったのを見計らって、アキちゃんがこっそり耳打ちしてきた。

「どうって、なにが？」

すると、ほのかまで急に目をぎらつかせはじめる。

「幼なじみのモテ男子かあ。たしかににおう。においますなあ、アキさん」

「ええ。初恋《はつこい》のにおいがぷんぷんするわね、ほのかさん。オホホ」

「だから、ちがうんだってば！」

「ほんとに？」

「ほんとう！」

「なーんだ。つまらん」

「恋《こい》バナをくれー。栄養補給させろー」

ふたりがいっせいにブーたれているそばで、茉奈がぽつりと言った。

「けどさ、由快くんをねらってる子ってけっこう多いから、言動にはくれぐれも気をつけたほうがいいかも」

「あー、たしかに。とくに高原さんのグループね。高原さんってむかしからずーっと由快を好きでさ。小学校のときなんか、ほんと由快がらみになるとオニ怖《こわ》だったんだから」

「そう、そう。修旅《しゅうりょ》事件なんて、後世に語《かた》り継《つ》がれるひどさだったわ」

アキちゃんとほのかの話をまとめると、こういうことらしい。

当時、由快のことを好きな女子たちは、抜《ぬ》けがけしないように同盟を結んで、お互《たが》いを見張り合っていた。しかし、六年生の修学旅行の最後の夜、ついに女子軍団は動きだす。うらみっこなしで、一斉《いっせい》に由快に告白しようともくろんだのである（あいつ、いったいどんだけモテるんだよ)。

けれども、その直前になんと新垣さんが由快を呼び出して手紙を渡《わた》しているところをだれかが見つけてしまった。それを知ってキレた高原さんたちは、いまだに新垣さんを目の敵《かたき》にしているんだそうな。そんなの、そんじょそこらのホラー映画より怖《こわ》いじゃないっすか……。

すると、アキちゃんが「はて?」とあごに手を当てた。

「でも、なんで莉愛、あんなことしたんだろうね? 女子からの反感を買うのなんて見えてるのにさー。フツウ、そんなことするか?」

「まあ、フツウはしないなー。あとのこと考えると、すっげーめんどくさいもん」

「うえー」って舌を出すほのかのとなりで、茉奈が意味ありげな表情で口を開く。

「まあ、でも、そのフツウが『ちょっとちがうなー』って感じるところは前々からあったというか。やっぱ、わたしたちとはいろいろ考え方とかちがうんじゃない? その、なんていうか、半分は外国人だし……?」

茉奈がちらりと新垣さんを見る。新垣さんは、騒々《そうぞう》しい教室になんてまるで興味ないみたいに、頬《ほお》づえをついて窓の外を眺《なが》めている。

わたしなら、そんなふうに目立つ女子グループに嫌《きら》われたら、きっと学校なんて二度と行けない。新垣さんは、どうして平然としていられるんだろう。やっぱり、外国人の血がまじっているから、周りのことなんて気にならないのかな？　それってちょっとうらやましいかもしれない。

「とにかく、高原さんのグループと新垣メロディ莉愛には要注意ってこと。巻《ま》き込《こ》まれないようにくれぐれも気をつけなよ？」

「う、うん。心した」

「それでよし」

アキちゃんとほのかがわたしの肩《かた》にぽんっと手を置いて、それぞれ自分の席に戻《もど》っていく。ふたりのうしろ姿を見送りながら、胸の前で小さく手を合わせた。

ああ、前途《ぜんと》多難なこと……！　神さま、仏さま、ご先祖さま、どうかこの一年を無事に過ごせますよう、萌々をお守りくださいまし――。

2

あのあと帰宅した由快《ゆかい》をつかまえて、今後いっさいわたしに近寄らないこと、タロと呼ばないことを厳重注意しておいた。それなのにあいつってば、すきさえあればおもしろがってこっちに寄ってこようとするんだから。そのたびに腕《うで》をクロスさせてバリアを張り、にらみをきかせ続けている。……新学期がはじまっての一週間、早くも疲労困憊《ひろうこんぱい》です。

「……城。大城萌々《おおしろもも》！」

「ひゃい！」

うっかりへんな声が出た。はっとして顔を上げると、米《こめ》ティがあきれた目でこっちを見ている。みんながくすくす笑っている。どうやら、何度も呼ばれていたらしい。まずい、と思って顔を上げると、黒板はもう半分ほど方程式で埋《う》め尽《つ》くされていた。それなのに、わたしのノートときたら真っ白だ。

「どうした、ぼうっとして」

「すみません。冬眠《とうみん》から目覚めたばかりなもので……」

「クマか、お前は」

米ティがあきれてつっこむと、クラスメイトたちからどっと笑いが起きた。ラッキー。進級初笑い、ゲットだぜ！　こういう地道な働きが大事。だって、「おデブな萌々」を「気のいい萌々」で上書きすることはできなくても、ブレンドして薄味《うすあじ》にするくらいならできると思うから。

米ティは、まったく、と首をぽりぽりかきながら授業に戻《もど》った。

ふと視線を感じて振《ふ》り向《む》くと、新垣《あらかき》さんがこっちを見ている。目が合うと、彼女《かのじょ》はふいっと顔を背《そむ》けた。

あ。わたし、嫌《きら》われてるかも。

そう思ったとたん、気持ちがしゅるる、とちぢこまっていく。

わたしだってさ。万人《ばんにん》から好かれたいだなんて思ってない。でも、せめて嫌われたくない。嫌われ者のデブなんて最悪だ。

あーあ。心の中でため息をついて、廊下《ろうか》の窓のむこうに目をやった。朝よりもずっと上に昇《のぼ》った太陽に照らされて、ほこりがきらきら舞《ま》っている。明るいところに漂《ただよ》ってさえいれば、ほこりだって美しく舞えるのだ。明るいクラスメイトたち。平和を装《よそお》った教室——。ここからはぐれることのないように、最後までこの空間を漂いつづけなくちゃ。

とたんに教室があわただしくなって、授業が終わったと気がついた。

「ももちー、急がないとまずいって。つぎ、音楽だよ！」

すでに廊下《ろうか》に出た三人が、足踏《あしぶ》みをして待っている。

「待って、すぐ行く！」

やば。遅刻《ちこく》に厳しい上条《うえじょう》先生の授業だ。いつもならみんなと同時に教室をよーいドン！で飛び出しているというのに、ぼうっとしてつい出遅《でおく》れてしまった。

あわててロッカーから教科書とリコーダーを引《ひ》っこ抜《ぬ》くと、なにかが足元にはらりと落ちた。折りたたまれた、白い紙。なんだろう。拾って開いて、思わず息をのんだ。

「なにこれ」

その場で立ちすくんでいると、しびれを切らしたアキちゃんがやってきて、横から紙をのぞきこんだ。

「え？」

アキちゃんまでもが絶句する。それもそのはず、そこに描《か》かれていたのは、牛のイラストだったから。それも、乱暴な線で描かれた目つきの悪い牛だ。これでもかというほどまるまると太っていて、かわいさのかけらもない。なにより最悪なのは、「I《アイ》 am《アム》 MO《モ》MO《モ》だモー♡」とそばに吹《ふ》き出《だ》しが添《そ》えられていること。

「どうかした？」

「急がないと授業はじまるよー」

茉奈《まな》とほのかもやってきた。ふたりともわたしがにぎりしめている紙に気がついて、アキちゃんと同じように固まってしまった。

「だれだよ、こんなことするやつ。最っ低！」

アキちゃんが吐《は》き出《だ》すように言った。茉奈とほのかは、青ざめてだまりこんでいる。

落ち着け、わたし。こんなの、なんともないはずだ。これまでだって体型をからかわれることなんて何度もあったでしょ。すれちがいざまに笑われたり、面と向かってデブって言われるのだって日常茶飯事《にちじょうさはんじ》。慣れてるもん。へーき、へーき、だいじょうぶ。

そんなことより、周りから「かわいそう」って思われることのほうが耐《た》えられない。だから笑って、ギャグにして、昇華《しょうか》してきた。人に笑われてるんじゃない、笑わせてるんだ。そう思うことで、自分で自分の心を守ってきた。こんなもの、たった一枚の紙切れだ。動揺《どうよう》することなんか、なにもない。

それにしても、いったいだれだよ。こんな最低なことをするのは。わたしのことを知っているだれかが、わたしを傷つけたいと思っている。そのだれかって、さっき笑っていたクラスメイトたちの中にいるのだろうか——。

ふと、いやな考えが頭をよぎった。これまでわたしがみんなを笑わせていると思っていたけれど、ほんとうはみんながわたしを笑ってあげているのだとしたら？　実は体型を気にしているくせに、明るさを装《よそお》って周囲にとけこもうとしていることに、もしかしてみんな気づいている？　ううん、ちがう、そんなはずない。でも、もしそうだとしたら？　どうしよう。胸がつまって、うまく、息が、できない——。

「ももち、気にすることない」

「そうだよ。こんなのただのいたずらだよ。貸して」

茉奈がわたしの手から紙をつかみ取って破ろうとするのを、アキちゃんが止めた。

「だめ。いたずらなんかじゃない。これはいじめだよ。わたし、こんなことを平気でやる陰《いん》湿《しっ》なやつって、まじで許せない。必ず犯人を見つけて、きっちり謝《あやま》らせるから」

「え？」

牛の絵がアキちゃんの手に渡《わた》る。アキちゃんは紙とにらめっこしながら言った。

「さすがに絵からの特定は無理か。でも、筆跡《ひっせき》からならわかるかも。これは、証拠品《しょうこひん》としてあずかっておくね」

「いや、ちょっと待って」

あわててアキちゃんから紙を取り返した。

「こんなの無視しとけばいいって。新学期がはじまって、まだ一週間しかたってないんだしさ。なんていうか、トラブルにしたくないし。わたしはだいじょうぶだから！」

「でもさあ」

「いいんだって！」

ありったけの元気を声に詰《つ》めこんで、うなずいてみせた。だれがこんなことをしたのか、知りたい気持ちがないといえばうそになる。でも、こんなものと向き合い続けたくなんかない。さっさと捨てて、きれいさっぱり忘れてしまいたい。

「そんなことより、授業はじまっちゃう。行こ！」

ね、と三人に目を細めてみせた。きっとむこうには、わたしが笑っているように見えているはず。マスクって、こういうとき便利だ。半分だけならごまかせる。ほんとうの気持ちはマスクの下に隠《かく》しておけばいいんだから。

「なにしてんの」

「あ、ちょっと！」

背後からぬっと由快が現れて、あっという間に紙を奪《うば》われた。

取り返そうと必死にもがくわたしをかわしながら、由快はあの牛をじっと見つめている。

「なんだこれ」

「なんでもないよ。ただのイラスト」

「なわけないだろ。どっからどう見てもいやがらせじゃん。おれ、米ティに届けてくる」

「は？　絶対やめて。待って！」

ずかずかと教室を出る背中を追いかけて、廊下《ろうか》に出た。

「待てってば！　返せ！」

わたしを無視して、由快はさっさと階段を下りていく。

そうこうしているうちに始業のチャイムが鳴る。もう、なにもかも最悪だ。

「返せっつってんだろー！」

階段の踊《おど》り場《ば》で由快の背中にタックルをしかけて、油断したやつの腕《うで》をたぐり寄せ、やっとの思いであの絵を奪《うば》い返《かえ》した。

「うわあああああ」

「うわっ、なんだよ」

わたしは泣いていた。

さっきまで必死にこらえていた栓《せん》がぱちんと飛んでいったかのように、なんだかもう涙《なみだ》が止まらなくなってしまった。わたしの泣き顔なんて見たことがなくて、由快もさすがにドン引きしている。

制服のそでで顔をぬぐって、何度か大きく深呼吸をして息を整えた。それから、マスクの下でのびる鼻水をズゴゴ、と吸いあげて、由快をにらみつけながら言った。

「お願いだからほっといて。こんなんで注目されたくないし。みじめじゃん。笑って、どうってことないって顔してネタにしちゃえばすむ話でしょ。いじめられたんじゃなくて、いじらせたんだって。わたし、これまでだって、そうやってちゃんとやれてたんだから」

すると、「はあ？」とあからさまに不快そうに顔をゆがめた。

「笑ってネタにするって、なんだよ。お笑い芸人じゃないんだからさ。自虐《じぎゃく》で周囲に取り入ろうとすんな。そんなのちっともタロらしくない。見ててイタイんだよ」

ぷつん。なにかが切れた音がした。つぎの瞬間《しゅんかん》、その胸を思いきり突《つ》き飛《と》ばしていた。それなのに、こいつのでっかい体はびくともしない。むかつくむかつくむかつく。好き勝手言いやがって。こっちの気持ちなんか、知りもしないで。

「タロらしいって、なに？　幼なじみだからって、わたしのことなんでも知ってるみたいに言うな。あんた目線のわたしらしさを勝手に押《お》しつけんなよ！」

めずらしく由快はだまっていたけれど、しばらくしてからゆっくりと口を開いた。

「そうやって、泣いたり怒《おこ》ったりすればいいじゃん。みんなの前でもさ」

「……無理」

「なんで？」

だって、とつぶやいてから、顔を上げて由快の目をまっすぐ見る。

「わたしとあんたはちがうから」

「それ、どういう意味？」

「泣いたりとか、怒ったりとか、そういうの、わたしみたいなピラミッドの底辺にいるような子がやると、リスクしかないもん。底辺は、みんなを支える土台なんだよ。安定してなきゃなんないの。いつも平常心で、笑って、動じずに、波風なんか立てないのが正解なわけ。あんたみたいにねえ、ピラミッドの頂点にいるようなやつには下々の民《たみ》の気持ちなんてわかんないんだよ」

「なにそれ。タロって、そんなつまんないやつになっちゃってたんだ。知らなかった」

口をとがらせてそっぽを向く由快の横顔は、むかしとちっとも変わらない。

そう、変わったのはわたしだ。だって、しかたないじゃない。もうのん気な子どもでなんかいられない。今日の平和を勝ち取るためには、だれかの反感を買わないように、だれの機《き》嫌《げん》も損《そこ》ねないように、慎重《しんちょう》に、器用に生きていかなきゃなんない。軽々しく本音を見せないのは、自分の心を守るための戦略《せんりゃく》だ。そんなこともわからないなんて、こいつ、ほんとうに中学生かよ。

「もういいから、わたしにかまわないで。めーわく」

「そりゃあ、失礼しましたね。そうやって、せいぜい自分のことあわれんでれば。本音を隠《かく》して付き合ったって、ほんとうの意味ではだれともつながれないんだからな」

わかってるよ、そんなこと。そんなにはっきり言わなくたっていいじゃない。

「それじゃ、せいぜいみんなと仲良くがんばってね。大城さん」

乱暴に階段をかけ上がっていく音が、胸にずしずしと響《ひび》く。

冷たくなったてのひらをぎゅっとにぎる。なんにも知らないくせに。

道を歩くだけでくすくすと笑われる居心地《いごこち》の悪さも、グループ決めのとき、数合わせでしかたなく入れてもらう所在なさも、いつ浴びせられるかわからない二文字の言葉にびくびくしながら過ごす、祈《いの》るような時間も。学校行事、体育の授業、席替《せきが》え、身体測定、給食……。そこらじゅうにある地雷《じらい》をつま先立ちで必死によけて歩くような学校生活を送ったことがない人に、わたしのような人間の気持ちなんてわかるはずがないんだ。

自分の身を守るために、前よりマシに生きられる方法を選んでなにが悪い。

遠くからリコーダーの音が聞こえる。階段を上がる気にも下りる気にもなれなくて、手すりにくたっともたれかかった。

3

目が覚めてほっとした。今日が土曜で、ほんとうによかった。

昨日は結局、あのまま保健室に直行して仮病《けびょう》を使って早退した。家に帰ると同時にベッドに倒《たお》れこんでから、いまのいままでずっと眠《ねむ》っていたらしい。いつにもまして、体が重い。

スマホに触《ふ》れると、通知が目に入り、おそるおそるメッセージアプリを開く。

アキ）ももち、だいじょうぶ？
ほのか）体調よくなった？　今日はゆっくり休んでよー
茉奈《まな》）明日、買い物行く人ー？　春服ほしいんだよね。新作のメイクも見たいしさ
アキ）明日は部活！　わたしはパス
ほのか）行くー

茉　奈）ももちも行こうよ！　気分転換《てんかん》にさ。時間、合わせるよー

そこでやりとりは途切《とぎ》れている。

買い物かあ。さすがに今日はしんどいかも。

萌《も》　々《も》）みんな、おはよー。もうすっかり元気、元気！　心配かけてごめん。

　今日は朝から予定があって、行けないんだ。ふたりで楽しんできてね！

「すっかり元気」だって。言葉と気持ちがバラバラだ。

送信ボタンをタップして、ふうっと息をはいた。友だちにうそをついた罪悪感と引《ひ》き換《か》えに、少しの安堵感《あんどかん》とつかの間の解放感を手に入れた。

ベッドからのそのそ起き上がって、鏡の前に立つ。だらけた体に、今日はとくにひどい顔。……わたし、ほんとうにあの牛みたいじゃん。もしもやせたら、もうあんなひどい目にあわないですむのかな。

ため息をつきながら部屋のドアを開けると、目玉焼きのにおいが廊下《ろうか》までたちこめてい

た。

「おはよう。ずいぶん寝《ね》たね」

キッチンに行くと、すでに朝食が盛りつけられているところだった。自分のお茶碗《ちゃわん》を見て、目を疑う。ちょっと、ママってば。ご飯てんこもりじゃん。

はあ、とため息をつきながら、乱暴にお茶碗をとって炊飯器《すいはんき》のフタを開けた。

「ねえ、これからはさ、もっと少なめに盛ってほしいんだけど」

盛られたご飯を炊飯器に戻《もど》しながらママに文句を言うと、ママはアーモンドみたいな小さな瞳《ひとみ》をめいっぱい開いてこっちを見た。「ダイエット？　まさか！」とでも言いたげな顔をして。

いや、まさかでもなんでもないからね。だって、思春期まっさかりの中二女子だよ？　見た目を気にしないほうがおかしいでしょうよ。

味噌汁《みそしる》をよそっていたママがおたまをそばに置いて、あらたまってこっちに向き直る。

「萌々。学校でなにかあったんじゃない？　昨日は腹痛って言っていたけど」

まーたはじまった。すぐこれだよ。家中にアンテナをはりめぐらせているみたいに、めざとくわたしの変化をかぎつけようとするんだから。

「ただの生理痛だってば」

顔をそむけて言い返すと、胸がちくんと痛んだ。わたしって、けっこううそつきだ。

ぶすっとつっ立っていると、ママがわたしの心の中を見すかしたように唇《くちびる》をきゅっと結んだ。

「あのね、萌々。思春期に過度なダイエットをすると、健康面でも精神面でも悪い影響《えいきょう》が出るの。摂食障害《せっしょくしょうがい》っていう重い病気になることだってあるんだから。あなたにダイエットなんか必要ないの」

心が「NO《ノー》！」とさけんでいる。

ママはなんにもわかっていない。この体のままでいいわけないじゃない。だって、現にいま、太っているせいでいやがらせにあっているんだから。やせてさえいれば、少なくともあんなにひどいものをロッカーにつっこまれるはめにならずにすんだはず。

「あのね、聞いて。人は見た目じゃないの。中身がなによりも大事なのよ。中身を磨《みが》いていれば、幸せは必ずついてくる。いつも言っているでしょう？　見た目で判断するような人の意見は無視しなさい。ママね、いま、とっても幸せよ。あなたがいて、自分で稼《かせ》いで、この家に住めて。……まあ、離婚《りこん》はしたけどさ」

最後のひとつは、苦い顔でつけ足した。

ママは、娘《むすめ》のわたしから見てもかなり太っている。だから、この体型もママの遺伝の影響《えいきょう》が大きいんだと思う。正直、ママになんか似たくなかった。パパに似ていれば、またちがう人生があったんじゃないかなって思うこともある。でも、そんなこと口がさけても言えない。

それに、ママだって、まったく見た目を気にしていないわけではないってこと、わたし、知っているんだ。クローゼットの中にサイズアウトしたワンピースをあきらめきれずにとっておいてあることも、SNSで着やせスタイルをこっそり検索《けんさく》していることも。ママの幸福論は、わたしよりも自分自身に言い聞かせているのかもしれない。

「とにかく、あなたはそのままでとってもかわいいの。だから、もっと自信を持って」

そう言うと、ママは鼻歌を歌いながらまたお鍋《なべ》をかきまわしはじめた。

「カワイイ?」

しゃもじを見つめながら考える。茉奈のカワイイは同情成分でできたやつだし、ママのカワイイは、赤ちゃんやコブタに向ける類いのやつ。……そんなカワイイなんか、いらねー。湯気といっしょに消えてなくなっちまえ。

開けっぱなしにしていた炊飯器《すいはんき》のフタを乱暴に閉めて食卓《しょくたく》につくと、「なによ。反抗期《はんこうき》?」とママのとがった声が飛んできた。こんなの、無視、無視。なんでもかんでも反抗期でひとくくりにしようとするんだから、おとなってほんとむかつく。

お茶碗《ちゃわん》に盛りつけたほんのちょっぴりのご飯を大事にかみしめていると、けたたましいBGMとともに朝のバラエティー番組がはじまった。本日の特集は、ゴールデンウィーク前のお出かけ情報だって。

味噌汁《みそしる》をすすりながらぼんやりと画面を眺《なが》めていると、

「むはっ」

思わずむせ返った。画面いっぱいの、牛、牛、牛! どうやら牧場の紹介《しょうかい》らしい。レポーターのお姉さんが、やけにハイテンションで乳しぼり体験をしている。

頼《たの》むから、昨日の今日で牛なんか見せないでくれよ。うんざりした気分でいると、キッチンから「萌々ー、牛乳買ってきてー」というママの声がふってきて、ついにテーブルに沈没《ちんぼつ》した。

休日の朝っぱらからおつかいに行かせるなんて、オニだ。それも、昨日体調不良で早退した娘《むすめ》にさ（仮病《けびょう》だけど）。反抗期《はんこうき》らしく抵抗《ていこう》してみたけれど、オニになどかなうわけもなく。家着のまま、サンダルをつっかけて家を出た。

こんなかっこうで出歩いているのを同級生に見つかるわけにはいかない。うちは校区のいちばんはしの方だから、土曜の朝も登校する部活生たちと出くわす可能性は低い。それでも念には念をで裏通りを人目をかいくぐるように歩き、商店街の先にある、学校からいちばん遠いコンビニを目指すことにした。

ビンゴ！　商店街は、人っ子ひとり歩いていない。基地のゲートの近くにあるこの場所は、レトロなカフェや古着屋、ライブハウスが並ぶディープな観光スポットとして知られていて、夜は外国人や観光客でけっこう賑《にぎ》わっているけれど、さすがに朝はどこのお店もシャッターが下ろされている。

商店街を抜《ぬ》け出《で》たところのコンビニに入り、飲料コーナーで牛乳パックをつかまえてミッションコンプリート。お会計寸前、ショーケースの中で黄金色《こがねいろ》に輝《かがや》くコロッケとうっかり目が合って、気がつけば「コロッケひとつ」がするりと口からこぼれ落ちていた。

コンビニを出て、袋《ふくろ》からほかほかのコロッケを出す。はあ、自分の意志の弱さにほとほとあきれるわ。こんなことなら、朝ごはんをちゃんと食べておくんだった。うっかりコロッケめ。包み紙の中で、じゅわじゅわとしみ出す油がうらめしい。でも、すきっ腹のコロッケに死角なし。うますぎる。

後悔《こうかい》と感動のはざまでもだえていると、目の前にバスが停《と》まった。うしろの座席に見覚えのあるふたりを見かけて、あわてて背中を向ける。ほのかと茉奈だ。

髪《かみ》をおしゃれに結《ゆ》って、メイクとアクセサリーでばっちり飾《かざ》った茉奈が、窓越《まどご》しにはっきり見えた。やばいやばいやばい。バスは盲点《もうてん》だった。

――お願い！　こっち、見ないで。

コンビニの壁《かべ》におでこをくっつけたままバスが過ぎ去るのを待っていると、ようやく発車音がして、ほっと胸をなで下ろした。

わたしだって、あの子たちと楽しく出かけたい。劣等感《れっとうかん》を抱《いだ》かずに、みんなと過ごしてみたい。好きな服を着てメイクをして堂々と街を歩けたら、どれほど気分がいいだろう。

でも、そんなふうに思っているだなんて、絶対に知られちゃいけない。同情されたくない。冷やかされたくない。プライドだけはいっちょまえ。ほんと、自分がいやになる。

あー、今日が終われば明日が来てしまう。明日が終われば、また月曜がやってくる。「気のいい萌々」をやるのも、なんだか疲《つか》れてしまったな。わたし、来週からもちゃんとうまくやれるのだろうか。

ハリー・ポッターはいいなー。わたしも魔法使《まほうつか》いだったらなー。

コンビニの壁《かべ》におでこを当て続けたって、別世界への通路は開かない。そりゃそうだ。9と¾番線なんて、どこにもあるはずないんだから。

「ねえ」

とつぜん声をかけられて我に返った。振《ふ》り返《かえ》ると、三十代くらいのどハデな女の人がこっちを見つめている。

ピンク色の髪《かみ》を頭のてっぺんでおだんごにして、耳にはいくつもピアスがくっついている。てろてろした素材のジャージの中に着ているタンクトップは丈《たけ》が短くて、なんとおへそが丸出しだ。くるんと大きくカールしたまつ毛。くっきりと引かれたアイライン。真っ赤なリップ。そして、それらがよく似合う整った顔のパーツ。ぱちぱちとまばたきをしながらその顔を眺《なが》めていたら、その人はププッと吹《ふ》き出《だ》した。

「だーいじょうぶだって！　あやしい者じゃないからさ。あなた、名前は？」

「大城《おおしろ》……萌々です」

あやしい者じゃないと言う人ほど、あやしい人はいない。そもそも、こんなどハデな大人がこの地味な中学生にいったい何の用があるというのだ。

え、まさか、お金？　はっとして右手を見ると、はだかのまま財布《さいふ》をにぎりしめている。うわー、しまった。ポシェットくらい持ってくるんだった。どうしよう。えっと、防犯のお約束は「いかのおすし」！　いかない、のらない……、おすしってなんだっけ？　ええい、とにかくこの場から離《はな》れないと。お店の中に引き返そうか。それとも、走ってうちまで帰ろうか。げげ、そういえば名前を教えちゃったじゃん！　わたしのばか～！

ひとりパニクっているわたしになんかかまわずに、その人は壁《かべ》に貼《は》られていたポスターを指さした。

「ねえ、ねえ。いま、これ見てたでしょ」

「へ？」

ラメラメネイルが指す先に、でかでかとした文字で「ヒップホップ・ラップ教室Ｍａｉ」と書かれている。

ラップって、あれのこと？　フードをかぶった男の人たちが暗いところで早口でまくしたてる、あの怖《こわ》そうな音楽のこと？

「はい、これあげる」

そう言ってゴソゴソとリュックの中からチラシを引っぱり出すと、わたしの手ににぎらせた。

「あたし、舞《まい》っていうの。そこのセミナーハウスでラップの講師をやってるんだ。初心者クラスは、毎週月曜の午後五時から六時。よかったら遊びに来なよ～」

「あ、いえ、わたしは」

「人生、変わるよ？」

舞と名乗ったその人が、にぃーっと笑った。

人生、変わるって、なに。

「萌々、まったね～」と手を振《ふ》りながら、ぽかんと口を開けたままのわたしを残して軽快な足取りでむかいの小さな古いビルの中に入っていった。……初対面で呼び捨てなんて、百パーセント陽キャだ。

「老若男女《ろうにゃくなんにょ》、ヒップホップ好きもヒップホップ嫌《ぎら》いも、どなたでも大歓迎《だいかんげい》……？」

チラシにそう書いてあるのを見て、さすがに嫌いな人は来ないでしょ、と一応つっこんでみる。

それにしてもへんな人だったな。顔を上げて、むかいの建物を見る。出入り口のそばに、「中町セミナーハウス」と書かれた看板が控《ひか》えめにはめこまれていた。


「遅《おそ》いー。コーヒー冷めちゃったんだけど」

ちがう星の人にでも遭遇《そうぐう》した気分だ。ふわふわとした気持ちのまま家に帰ると、ママがキッチンから顔を出した。

「ねえ、コンビニのむかいにさ、レンガ調のちょっと古めの建物あるじゃん。あれって、どういう場所？」

袋《ふくろ》から取り出した牛乳をママに渡《わた》しつつ、さりげなく聞いてみる。ママはマグカップに牛乳を少し注ぎ、レンジであたため直しながら答えた。

「ああ、セミナーハウスでしょ？　フラダンスとか生け花教室とか、いろんな講座をやってる。ほら、ママも前、ピラティスに通ってたじゃない。あれ、あそこで習ってたんだよ」

「あー、あの一か月持たなかったやつか」

いまではもう、ごろ寝枕《ねまくら》と化してリビングに転がっているヨガマットにあわれみの目を向けると、ママが「うるさいなあ」とむくれた。

「で、セミナーハウスがどうかした？」

「べつに。ただ通りかかって、なにかなーって」

するとママは思いついたようにぱっと顔を上げた。う、いやな予感がする。

「そうだ！　萌々もなにかやってみるといいよ。たしか中学生でも参加できるお教室があったはずだよ。部活も塾《じゅく》も入らないで放課後の時間をもてあましちゃってるじゃない。それなら、習いごとのひとつくらいやってみれば？」

またはじまった。ママって、とりあえずわたしになにかしら夢中になってほしいのだ。

「挑戦は自信につながるの。はじめるときは勇気がいるけど、その経験の積み重ねが」

「どんどん自信につながるんだからー、でしょ」

「あら。わかってるじゃない」

だって、耳にタコができるほど聞いたもん。そんなママの信条に付き合わされて、小さいころからスイミング、ピアノ、体操、そろばんと、ありとあらゆる教室に放《ほう》り込《こ》まれたけれど、ひとつも長続きしなかった。ママにとって挑戦は自信の源かもしれないけれど、こっちから言わせてもらえば挑戦は挫折《ざせつ》の貯金箱だ。

「で、やってみる？」

「みない、みない。わたしだってこれでも忙《いそが》しいんですー」

期待に目を輝《かがや》かせるママを振《ふ》りきって、自分の部屋に逃《に》げ込《こ》んだ。

ベッドに寝転《ねころ》がり、ポケットからチラシを引《ひ》っこ抜《ぬ》く。

「ヒップホップ・ラップねえ」

あの舞って人の軽《かろ》やかな笑顔《えがお》を思い出した。そりゃあさ、あんなにきれいで陽キャな人間がやればかっこいいだろうけどさ。目を閉じて、「YO！　YO！　YO！」とラップをする自分を思《おも》い浮《う》かべてみる。

「いやー、やっぱりないわ」

想像するだけでこっぱずかしい。せいぜい落語教室くらいが性《しょう》に合っているというものだ。

スマホを手に取り、動画アプリでヒップホップを検索《けんさく》してみた。コワそうでワルそうな男の人たちが画面上にずらーっと連なっていく。こんなものをわたしがやるって？　冗談《じょうだん》じゃない。ちっともわたしらしくないってば。

やっぱり住む世界がちがうんだ。そう思ったけれど、なんとなく気になってダラダラと動画を眺《なが》めていると、何曲目かで、見覚えのある日本人男性ふたり組が現れた。軽快なビートに合わせて、思わず動き出したくなるメロディが流れ出す。あ、これ、「踊《おど》ってみた」動画で人気のアニメの主題歌だ。というか、休み時間にアキちゃんとふざけてダンスしたことあるや。

「あ、これ聴《き》いたことある。これも」

いくつかミュージックビデオを見ていくと、意外と耳に覚えのある曲がけっこうあった。ほう、これもヒップホップのジャンルに入るのか。なーんだ、ヒップホップって案外身近なのかも。

勢いづいて、あれやこれやと動画をかたっぱしから開いていく。

「うおう」

と、あわてて画面をふせた。だって、かなりきわどいかっこうをした女の人がセクシーに踊《おど》り狂《くる》っているんだもん。

いやー、別世界、別世界。見てはいけないものを見てしまった。

「やあ、ヒップホップくん。もしかして、きみとの距離《きょり》ってそんなに遠くないのかい？」なんて思った数分前の考えは、ずいぶん甘《あま》かったみたいだ。

こんなものを見ているって知ったら、ママが卒倒《そっとう》しちゃうよ。かくしてわたしは隠《かく》れてエッチな動画を見ているらしい男子たちの気持ちをほんのりと味わうはめになったのである。

でも、と思ってもう一度画面を立ち上げる。

なんかいいよね。圧倒的《あっとうてき》な自信があって、他人に媚《こ》びていない感じ。わたしも美しかったなら、こんな人になりたかったな。この体じゃ、「セクシー」っていう言葉なんて一生無縁《むえん》だもんなあ。

ふと、おすすめ動画のラインアップにまぎれている海外のアーティストが目にとまった。

そういえば、ヒップホップの本場ってアメリカだっけ。リストをだらだら眺《なが》めていると、ひとりの黒人女性を見つけた。なんとなく再生ボタンを押《お》して、固まった。

なんだ、これは。

思わず、ベッドから飛び起きた。

その人の名前は、クイーンB。わたしよりはるかにふくよかな体型で、ゴージャスなゴールドのドレスを身にまとい、ボディラインをあらわに踊《おど》りまくっている。

す、すごい。歌詞、なんて言っているんだろう。日本語訳を検索《けんさく》して、腰《こし》を抜《ぬ》かしそうになった。感想は、ひとことで「ワオ！」だ。自分の体のこと、恋愛《れんあい》のこと、性のことをせきららに語っている。その上、いろいろ言ってくるアンチに対して「外野は勝手に言ってろ」みたいな内容だ。

曲が終わっても、わたしはしばらく放心状態だった。これまで、体が大きな女性で成功している人と言ったら、お笑い芸人しか知らなかった。太っていることと、セクシーであることとは対極にあるべきと思《おも》い込《こ》んでいた。でも、彼女《かのじょ》の世界はまるでちがう。いったい、これってどういうこと……？

困惑《こんわく》して、手《て》あたり次第《しだい》、彼女のミュージックビデオを再生する。

街を歩けば　だれもが振《ふ》り返《かえ》る
またあの子が　負《ま》け惜《お》しみを言っているわ
わたしのすべてが　みんなの心をつかまえて放さない
世界一かわいいのはだれ？（そう、それはわたし！）
世界一クールなのはだれ？（それもわたし！）

そう　わたしが　クイーンビー《女王蜂》
女王を前に　だれもがひれ伏《ふ》す！

うそ！　世界一かわいいだって⁉

毎朝、鏡に向かってマスクで半分隠《かく》れた顔を見てほっとしているわたしには、とうてい信じがたい言葉だ。

すごいすごいすごい。

つぎの曲でも、またべつの曲でも、一貫《いっかん》してクイーンBは自分自身の魅力《みりょく》を愛嬌《あいきょう》たっぷりに歌い上げていた。まるで自分の体型なんて気にしてない、ううん、ちがう。自分の体型を心から愛している、そんなふうだ。

どうしてこんなに自分の体を愛せるんだろう。自分がかわいいって、ほんとうにそう思っているんだろうか。頭の中でクエスチョンマークが風船みたいにふくらんで、もうパンクしてしまいそう。

もっと彼女《かのじょ》のことが知りたい。ブラウザを開いて、検索《けんさく》バーに「クイーンB」と入力する。たくさんの記事をかきわけて、彼女のインタビュー記事を見つけた。タイトルは、「ボディ・ポジティブのアイコン、クイーンB　その半生とヒップホップを語りつくす」。

記事を読んでいくと、どうやら「ボディ・ポジティブ」というのは、自分のありのままの体を前向きに受け止めよう、愛そうという考え方のことらしい。なるほど。たしかに彼女《かのじょ》の曲には、そんなメッセージが詰《つ》まっているかも。

インタビュアー〕いま、世界中でルッキズム（外見至上主義）が問題になっているよね。世間で言われる理想的な見た目——たとえばやせているとか、目鼻立ちが整っているとかいろいろあるけど、その基準にあてはまらずに自分を好きになれなくて苦しんでいる人たちがこの世の中にはたくさんいる。Bは、見た目に悩《なや》んだことはないのかい？

そう！　これだよ、聞きたいのは！　わたしは食い入るように画面を見つめた。

クイーンB〕もちろんあるよ！　物心ついたときから、ずっとこの体に悩まされてきたもの。とてもおとなしい子だったんだ。いつもだれかになにか言われるのを気にして、びくびくしてた。ティーンのころなんて、人目が気になって、外に出られない時期もあったんだから。こんな人生、終わらせてしまおうかと考えたこともある。それも、何度もね。つらかった。でも、ヒップホップがわたしを変えたの。人生の主役になれた。わたしはわたしに生まれて最高にハッピー！　いまでは、心からそう思ってる。生まれ変わってもまたこの体になりたいくらいよ。

どうして？　どうしてそんなふうに思えるの？　全然わからない……。

スマホを置いて、ベッドに大の字に倒《たお》れこんだ。四角い画面のむこうには、これまで想像もしていなかった世界が広がっていることを知ってしまった。太ったままで幸せになれるって、ほんとうかな。そういえば、あの舞って人も、「人生、変わるよ？」だなんて言っていた。……ヒップホップって、いったいなんなんだ⁉

もう一度、チラシを手に取った。

ヒップホップ・ラップ教室Ｍａｉ。初心者クラス、毎週月曜十七時から十八時。老若男《ろうにゃくなん》女《にょ》、ヒップホップ好きもヒップホップ嫌《ぎら》いも、どなたでも大歓迎《だいかんげい》——。

4

――現在時刻、十六時四十八分。わたくし大城《おおしろ》は、セミナーハウスむかいのコンビニに来ています。

雑誌を読むふりをしてガラス越《ご》しにむかいの建物を偵察《ていさつ》しておりますが、いまのところ、ラッパーらしき人たちは建物周辺には確認《かくにん》できません。

あ、いま、ギターケースを背負った男性が玄関《げんかん》から出てきました。入《い》れ違《ちが》いでヨガマットを抱《かか》えた女性のふたり組がおしゃべりをしながら入っていきます。えっと、それから、あれは着物姿のご婦人たちですね。出入り口付近で話《はな》し込《こ》んでいるのが見えます。きっとうちのママもああやって、習いごとに来たのか、おしゃべりに来たのかわからないような時間を過ごしていたことでしょう……。

え？　いったいなにをしているのかって？　あれから、クイーンBの発言――ヒップホップに出会って変わった、生まれ変わってもこの体になりたい——について、自分なりにあれこれ考えてみたのです。でも、どうにもこうにもわからなくって、どうしても気になっちゃって……。ついにここまで来てしまいました。

けど、けど！　やっぱり不安じゃないですか！　だって、講師があんなどハデな女性ですよ？　老若男女《ろうにゃくなんにょ》問わないって書いてあったって、受講生がみんなあんな感じの人たちだったら、こんな小太りの中学生女子なんか浮《う》きに浮《う》いて、宙に飛んでいってしまいます！

だから、こうしてセミナーハウス前で待機しているのです。いかにも怖《こわ》そうな人たちが来ようものなら、このままおとなしく家に帰ろうという算段です、ええ。あ、そうこうしているうちに、またひとり男性が現れました。制服姿ですね。高校生でしょうか——。

「あー！　萌々《もも》、はっけーん♪」

「ひっ」

おそるおそる振《ふ》り向《む》くと、レジのカウンター前であの舞《まい》って人がこっちに手を振っている。ぎょぎょぎょ。よりによって、この人に見つかってしまった。これじゃ、帰ろうにも帰れないじゃないか。

舞さんはレジ袋《ぶくろ》をぶら下げて、にかにかとうれしそうに近寄ってくる。今日は黒地にゴールドのラインが入ったやんちゃなジャージをゆるく羽織り、耳には大きなリングのピアスがゆれている。相変わらずファンキーだ。

「来てくれたんだー！　うれしー」

そう言ってわたしの腕《うで》をがっちり取った。この細っちい体のどこにそんなパワーが？　とビビるほどの力で、店の外へとぐいぐい引っぱっていく。

「えっ、いやっ、あの、わたしはっ」

「オーケー、オーケー。こっち、こっち！」

……なにもオーケーじゃないんですけど。中途半端《ちゅうとはんぱ》な返事は通用しないらしい。

腕を引かれるがまま、わたしはいよいよセミナーハウスの中に足を踏《ふ》み入《い》れることになってしまった。

玄関《げんかん》のガラス扉《とびら》が開いた瞬間《しゅんかん》、いろんな音がなだれこんできた。受講生らしき人たちのにぎやかなおしゃべりに、部屋からもれてくる三線《さんしん》の音。優雅《ゆうが》なクラシックピアノの音色が響《ひび》いたと思えば、調子っぱずれのギターやけたたましいドラムの音が鳴る。そして、それらを凌駕《りょうが》するように甘《あま》く流れるフラダンスミュージック。外から見える殺風景な建物の様子とは裏腹に、内側はずいぶんとにぎやかだ。

廊下《ろうか》を歩いていると、赤ちゃん連れや学生、年配の人、いろんな人間とすれちがった。

「うしろの方に別館があってね、ホールやプールも併設《へいせつ》されているんだよー」

舞さんが説明してくれて、わたしは、ほー、とうなずいた。

ちらりと出入り口の方を見る。管理室もあったし、玄関《げんかん》もここからそう遠くない。とりあえず、身の危険を感じて脱出《だっしゅつ》すれば、だれかしらに助けを求めることはできそうだ。

舞さんは突《つ》き当《あ》たりの白いドアを開けた。

そこは、真っ白なスタジオだった。中に入ってみると、前方と後方の壁《かべ》一面が鏡《かがみ》になっていた。太っている自分をこれでもかと見せつけられているようで、なんだか背中のあたりがぞわぞわする。

「ワッサー！」

舞さんがスタジオの中心に向かって手をあげると、輪になって座《すわ》り込《こ》んでいた十数名の集団がこれまた「ワッサー！」と笑顔《えがお》で返してきた。同年代くらいの子もいれば、米《こめ》ティくらい年の離《はな》れた人もいる。ほんとうに老若男女《ろうにゃくなんにょ》さまざまだ。イメージしていたラッパー像とは全然ちがって、どこにでもいそうなふつうの人たち。チャラチャラしているのは、舞さんくらいだ（おっと、失礼）。

面食《めんく》らってぼけっとつっ立っていると、

「みんなー、この子、萌々。見学生」

と言いながら、舞さんがわたしを輪の中に引き入れた。

「ああ、そうなんだ」

「よろしくー」

ほかのレッスン生たちに軽く頭を下げて、できるだけ小さくまるまってひざを抱《かか》える。

やべー。輪っかの中に入っちまった。うしろの方でそっと眺《なが》めるくらいがちょうどよかったのに。舞さんに助けを求めようとしたけれど、音響《おんきょう》のチェックなんかで忙《いそが》しそうで、声をかけられる雰囲気《ふんいき》じゃない。

そわそわとあたりを見回しながら輪から抜《ぬ》けるタイミングをうかがっていると、スタジオのドアがいきおいよく開いた。

驚《おどろ》いた。さっそうと登場したのは、あの新垣《あらかき》さんだったのだ。

「莉愛《りあ》、ワッサー！」

「ワッサー」

またもや謎《なぞ》の合い言葉を交《か》わし、新垣さんは背負っていたリュックをすみに置くと、慣れた様子でみんなの中に座《すわ》り込《こ》んだ。

うっそ、新垣さん、ここのレッスン生なの⁉

さけびたいのをこらえてうろたえていると、となりに座っていた若い女の人がにこっと笑いかけてきた。

「ワッサーってね、ワッツアップ、調子どう？　っていうあいさつだよ。あ、莉愛ちゃん、この子、見学生だって」

新垣さんはわたしの存在にようやく気がついたみたいで、こっちを見て目をまるくして固まってしまった。

「えっと、名前……。あれ？　同じ制服じゃない。もしかして、知り合い？」

女の人が首をかしげると、新垣さんはすぐさま「知らない」と言い放った。それっきり、ただの一回もわたしを見ることはなかった。

うう、気まずい。新垣さん、ラップを習っているなんて、そんなそぶり学校ではこれっぽっちも見せなかった。それって、隠《かく》したかったってことだよね。それなのに、わたしがずけずけとテリトリーに入り込んできたんだから、そりゃ怒《おこ》るって……。

だとしたら、わたし、かなり空気を読めていない。空気を読むことくらいしか取《と》り柄《え》のない、このわたしが！　はー、最近のわたしって、ほんとうについてない。

パ、パ、パン！　と舞さんが思いきり手を打ち鳴らし、わたしの放っていた負のオーラがそこらにけちらされた。

「それじゃ、今日も自己紹介《しょうかい》ラップからいこっか！」

舞さんがビートを流すと、みんながいっせいに立ち上がり、わたしもあわてて腰《こし》を浮《う》かせた。

これからいったいなにがはじまるんだろう。そういえば、いきおいで見学に来てしまったけれど、はっきり言ってヒップホップのことなんて、なにも知らないも同然だ。急に不安が押《お》し寄《よ》せてくる。

「じゃ、あたしから！　3《スリー》、2《トゥー》、1《ワン》」

舞さんが、輪の中央に立ってビートに合わせて肩《かた》をゆらす。それから、大きなスクラッチ音のあと、顔を上げてマイクをかまえた。

マイクひとつで連れてく新世界
あたしがＭａｉ　レペゼン北谷《ちゃたん》

十九で海渡《わた》り　バース蹴《け》っ飛《と》ばし
島に持ち帰った冠《かんむり》

眺《なが》めてるだけじゃつまんないの
I《アイ》 know《ノウ》(わかってる)　あなたの声なき声を
この島から　産声《うぶごえ》あげる才能
さあ行こう　最上へ　Put《プット》 your《ユア》 hands《ハンズ》 up《アップ》(手をあげろ)!

抑揚《よくよう》のきいた力強い声が、スタジオ中をかけめぐる。

うわあ、かっこいい……。

戻《もど》ってきた舞さんを、みんなは「フー!」とか「イェー!」とか言いながら大盛り上がりで歓迎《かんげい》した。

息つく間もなく、舞さんとバトンタッチするように、さっき声をかけてくれたお姉さんが中央に進み出る。なるほど、こうやってかわりばんこに自己紹介《しょうかい》していくんだな。

ビートに合わせて体をゆらし、お姉さんがマイクに向かって口を開いた。

わたしの名前は　ナオ
レペゼンはコザシティ
高校のときにヒップホップと出会い
ラッパーに憧《あこが》れて
飛《と》び込《こ》んだ　このスタジオ
まだまだ発展途上《とじょう》
これから見せてやる急成長
楽しみに待ってろ！

もちろん舞さんのようにとはいかないけれど、お姉さんも堂々と歌いきった。

「ナオ、最高！」

舞さんを筆頭に、またもや歓声《かんせい》がわき起こる。周囲の様子に気押《けお》されつつ、わたしも見よう見まねで拍手《はくしゅ》を送った。

盛り上がるみんなの中で新垣さんの方に目をやると、彼女《かのじょ》はクールにリズムにのって体をゆらしている。

新垣さん、きっとうまいんだろうな。そういえば、教室でもいつも音楽を聴《き》いているっぽいし、なにより親が片方は外国人だ。リズム感もいいに決まっている。

舞さんから時計回りに、ひとりずつラップで自己紹介《しょうかい》していくのを見ながら、あれ？ちょっと待てよ、と気がついた。

これって、もしかしてわたしも頭数に入ってるんじゃない？　まさかのまさか、参加させられる流れ？　いや、さすがにそれはない。ラップなんてやったことないし、そもそもただの見学生だし。そんなムチャぶり、するわけないよね。

ひとり、またひとりと順番が近づいてくるにつれて、心臓がバクバク言い出した。舞さんはノリノリでみんなのラップにイェーだのフーだの言うだけで、わたしになんて見向きもしない。

ねえ、この人、わたしの存在をまるごと忘れてる。も〜、だから陽キャって苦手なんだよう。

先に、新垣さんの番がやってきた。新垣さんは輪の真ん中に立ち、肩《かた》でリズムをとってラップをはじめた。

わたしは……、らかき……ロディ、莉愛

……中二に、なったばかりで、その……

あれ。

予想していたのとちがって、なんていうか……、お世辞にも上手とは言えないみたいだ。

趣味《しゅみ》は、知ってのとおり、……ラップ

……あの……えっと、うん、……おわり

「オーケー！　莉愛、いいよー！」

新垣さんがたどたどしく言葉をつなぎ終えると、みんなは変わらずのハイテンションで迎《むか》え入《い》れた。新垣さんも、心なしか清々《すがすが》しい顔をしている。

ええ、いまのでいいの？　あっけにとられているうちに、つぎつぎと自己紹介《しょうかい》ラップが披《ひ》露《ろう》され、いよいよわたし以外の全員が終わってしまった。

「さ、つぎは萌々の番だよ！」

やっぱり来たか。ええい、もう、やけくそだ！

観念して輪の中央に飛《と》び込《こ》んだ。心臓がどきどき言っている。舞さんのカウントを注意深く聴《き》きながら、ひゅうっと胸いっぱいに息を吸う。

わたしの名前は　大城萌々
今年　十四歳《さい》
レペゼンってわかんない、けどうちはむこうで
正直、なんでこんなところに来ちゃったんだろうって
いま、超後悔《ちょうこうかい》……

やば。こんなの、けんかを売ったも同然だ。

ビートに遅《おく》れないようになにか言わなきゃって思うと、思っていたことがつい口から出てしまった。やっちまったあああ。

すると、みんないっせいに「おおー！」「いいじゃーん」とかけよってきて、ハイタッチを求めてきた。

いいわけないでしょうに。とんでもないポジティブモンスター集団だ。

「あなた正直ね」「だいじょうぶ！　怖《こわ》くない、怖くない」。ハイタッチの手を合わせながら、みんながレスポンスをくれる。なんだろう、この感じ。胸のあたりがすーすーする。

「よかったよー、萌々。あ、ちなみに、『レペゼン』っていうのは『代表』って意味ね」

曲を止めて、舞さんがわたしの方に向き直った。

「で、やってみてどうだった？」

「あの、あんなこと言うつもりなかったのに、つい口からするっと出てしまって。ごめんなさい」

「それそれ！　それ、せいかーい！」

「正解？」

舞さんが満足げにうなずいた。

「ビートにのせて口を開くとさ、感じていたことが自然に出てくる瞬間《しゅんかん》があるんだよ。ビートが自分の中に眠《ねむ》っていた想《おも》いを引き出してくれるっていうのかな？　すっごく気持ちがいいわけ。楽しいの！　だって、案外普段《ふだん》の生活で自分の言葉ってしゃべれてなくない？　周りとか、その場の空気とか気にしちゃってさ」

わかる。いつも空気を読みまくって、相手に期待されている言葉を脳内で必死に検索《けんさく》して
ひねり出しているから。

「この初心者クラスではね、リズムのとり方とか、韻《いん》——ライムっていうんだけど、そうい
う技術的なこともちろん教える。でもね、まずはラップの楽しさを感じてほしい。という
か、それが最大目標なのでーす！」

舞さんが言うと、みんなが「イエー！」とノリノリで手をあげる。

ラップの楽しさ、か。

ふと、新垣さんと目が合ってしまい、お互《たが》いに視線をずらした。

いよいよ、レッスンは本題にうつった。今日のテーマはライム、つまり、韻を踏《ふ》むこと。

さっきそれぞれが披露《ひろう》した自己紹介《しょうかい》ラップにライムを取り入れるのだ。

舞さんはホワイトボードの前に立って、歌詞を書きはじめた。

マイクひとつで連れてく新世界
あたしがＭａｉ　レペゼン北谷

十九で海渡《わた》り　バース蹴《け》っ飛《と》ばし
島に持ち帰った冠《かんむり》

眺《なが》めてるだけじゃつまんないの
I know《アイノウ》　あなたの声なき声を
この島から　産声《うぶごえ》あげる才能
さあ行こう　最上へ　Put your hands up!《プットユアハンズアップ》

「あの、『バース蹴っ飛ばし』って、どういう意味ですか?」

舞さんがホワイトボードに向かっている間、ナオさんにこっそり聞いてみた。

「ああ。ラップではね、サビをフック、サビ以外の部分をバースっていうの。一般的《いっぱんてき》な歌ではAメロっていわれる部分のことかな。バースの部分をラップすることを『バースを蹴る』とか『バースをキックする』っていうんだよ」

「へー」

舞さんがペンを置いて、わたしたちの方に向き直った。

「ライム、韻《いん》を踏《ふ》むっていうのは、音を合わせることだったよね。ここでの音っていうのはメロディのことではなくて、言葉の音、つまり、a、i、u、e、oの母音《ぼいん》のこと。このリック、歌詞の中で、どこで韻を踏んでいるかわかる人いる?」

舞さんがたずねると、数名の手があがった。

「『つまんないの』の『ないの』と『才能』のa・i・o・u」

「『さあ行こう』と『最上』も」

「そうそう、よく気がついたね! あとはこの『I know《アイノウ》』も」

「おー、ほんとだ!」

ひとつひとつたしかめていくと、ほんとうによくできている。これって、もともと用意していた歌詞なのかな。それとも、即興《そっきょう》だったりして。だとしたら、すごくない? 一瞬《いっしゅん》で、こんなふうにつぎつぎと思いつくものなのだろうか。

頭の中、いったいどうなっちゃってんだろう。ボードにメモをしている舞さんのピンクのおだんごをまじまじと見つめていると、みんなも同じ顔で舞さんを見ていたらしい。振《ふ》り向《む》いた舞さんが「みんなもすぐできるようになるよ」とあっさり言ってのけた。

「それじゃ、今度は自分のラップを作っていくよ。たとえば、そうだね。萌々のo・o。この音の言葉をいろいろ探してみよう。なにがあるかな」

「『友』なんてどう？」

だれかが言って、「いいね。ほかにもある？」と舞さんがみんなにたずねた。

外。もの。午後。こと。音。ノート。のど。ＹＯ……。へえ、意外とあるもんだな。みんなが思いついたｏｏの音の言葉を、舞さんがボードに書き込《かこ》んでいく。でも、これがいったいどうやって歌詞になるんだろう？

メモを書き終えた舞さんが、ペンを置いてこっちに向き直った。

「それじゃ、この中から選んでいこう。萌々、好きなのを三つ選んで」

「えっと、じゃあ、午後、音、ＹＯ？」

「よし、決まりね」

そう言うと、舞さんはつぎのようにボードに書き出した。

わたしの名前は　大城萌々
午後
音

ＹＯ！

「どう？　なにか見えてこない？」

なにかって言われても……。まじまじとボードとにらめっこしていると、だんだん空白の部分が気になってきた。

「あ、そっか。この空いているところに言葉を足していけばいいんだ」

「そのとおり！　それじゃ、さっそくどんな言葉を入れるか考えてみよう」

みんなの力を借りながら、三つの言葉につながるような文を考える。できあがったところで、舞さんがお手本に歌ってみせてくれた。

わたしの名前は　大城萌々
帰り道歩く　月曜の午後
聞こえてきた　ノリのいい音
ヒップホップ・ラップに挑戦《ちょうせん》だＹＯ！

すごい、すごい。萌々も午後も音もYOも、言葉の意味はどれも関連がなさそうなのに、ひとつのストーリーが浮《う》かび上《あ》がってくるみたいだ。

「いまのでなんとなくつかめたかな？　こうやってキーワードを決めて、韻《いん》が同じ言葉を集めていく。それを組み合わせてリリックを書いていくんだよ。でも、これはただ単にひとつの方法であって、リリックの書き方なんてほかにいくらでもある。今日はライムを学ぶためにこの方法でやってみようってだけ。それじゃ、それぞれ自分の自己紹介《しょうかい》ラップをもう一度、韻を使って作ってみて」

舞さんが紙とペンを配り終えると、全員が紙とにらめっこをはじめた。どの表情も真剣《しんけん》そのものだ。

なんだこれ。ラップって……、ラップってさ、すっごく知的な活動じゃないか。「ラップって不良っぽい」と決めつけていた自分が恥《は》ずかしい。

その後、またみんなで輪になり、それぞれ自分の作ったラップを発表していく。韻を踏《ふ》むのと踏まないのとでは、かっこよさの濃度《のうど》が全然ちがう。みんな満足そうに自分のラップを歌い上げた。もちろん、新垣さんも。

こうして、六十分のラップ教室は、あっという間にお開きになった。

スタジオを出ようとするわたしを舞さんが呼び止めた。

「ねえ、はじめてのラップ教室はどうだった？」

「えーと、意外とよかったです」

「意外か！　はは、さっきから思ってたけど、萌々は素直《すなお》だねー」

舞さんがけらけら笑っている。

「素直」ってひさしぶりに言われたかも。たしかにここにいると、脳を経由しないで勝手に言葉が口から出ていく感じがする。

あ。『意外』は失礼だったのか！　ようやく気がついてあちゃーと肩《かた》をちぢこまらせるわたしを見て、舞さんが今度はいたずらっぽく笑った。

「もしかしてさ、ラップのこと、コワくてアブなそうな人たちがワルいことを歌うものだと思ってたんじゃないの？」

「えっ、実は、はい……」

「まあ、もちろん、そういうのもあるよ。本場じゃギャング間の抗争《こうそう》だって起きるしね……。ちょっとこっちおいで」

舞さんは、わたしをホワイトボードの前に座《すわ》らせると、さらさらとペンを走らせながら説明をはじめた。

「そもそもヒップホップってね、なにもラップのことだけじゃないわけ。ヒップホップには大きく四つの要素があって、まず、DJ、ビートを鳴らす人のこと。それからMC、ラッパーね。そして、ダンス。それから、グラフィティ、壁《かべ》の落書きアートのことだよ。つまり、ラップはその四つの要素のうちのひとつにすぎないわけ」

へえ、ちっとも知らなかった。ヒップホップって、てっきり音楽のことだけを表すんだとばかり思っていた。

それから、舞さんは、ヒップホップの歴史を簡単に教えてくれた。

ヒップホップは、一九七〇年代のニューヨーク、ブロンクスっていうエリア、当時、黒人――ブラックの人たちが多く暮らしていた地域で発祥《はっしょう》したと言われているらしい。そこでは、警察も行政も機能していなくて、若者たちは地域ごとにチームを組んで、ギャング化していたんだって。

そんな中、町の未来を憂《うれ》いたリーダーたちが、暴力以外で競《きそ》い合《あ》う文化を築き始めた。それがヒップホップ。ある歴史的なDJは、ヒップホップの精神は「ピース、ユニティ、ラヴ&《アンド》ハヴィングファン」だと言った。つまり、平和、団結、愛、そして楽しむこと。わたしがイメージしてたヒップホップと全然ちがうじゃないか。

若者たちは、ブロックごとに夜な夜なパーティーを開いた。ＤＪがビートを鳴らし、ＭＣがラップする。それに合わせて、みんなが踊《おど》る。壁《かべ》にはグラフィティが描《えが》かれて。

ラッパーたちは、そこにいる人々をだれが最も共感させられるかを競《きそ》い合《あ》う。だから、お金が欲《ほ》しい、天下を取りたい、女遊びがしたいとかいう生ぐさい欲望もあれば、国を批判したり、差別反対を歌ったりすることもある。とにかく、そこに生きる人々の生の叫《さけ》びをラップでぶつけ合った。そのうち、ヒップホップはアメリカ全土に広がって、いまでは世界中で愛される音楽になった。

ヒップホップは、差別や偏見《へんけん》によって時には命すら危《あや》ぶまれてきたブラックの人々の文化だ。そして、その差別はいまもつづいている。もしもヒップホップに興味を持ったなら、その歴史や文化を含《ふく》めて学んでほしい。舞さんはそうつけ足した。

「でもさ、この国にも命削《けず》られるくらいきつい思いをしている人たちが、実はたくさんいるよね。日本は声を上げる文化があまり発展してこなかったから、よけいにひとりで抱《かか》え込《こ》んでしんどくなっちゃう。そんなとき、ヒップホップは武器にも杖《つえ》にもなるはずだって、あたしは信じてるんだ。みんなにもそれを知ってほしい――あたしも人生変わったしね」

ヒップホップで人生が変わった——。

それを聞いて、思わず立ち上がって舞さんにつめよった。

「それです！　いったいなんなんですか⁉　ヒップホップで人生変わるって。ほんとうにそんなことありえるんですか？　わたし、それがわからなくて、気になって……、それで、今日はここに来たんです。教えてください。どうやったらヒップホップで人生が変わるのか」

舞さんはちょっと驚《おどろ》いたように目を見開くと、やがて、ふふっと意味ありげに笑ってわたしに封筒《ふうとう》をにぎらせた。

「それは自分で見つけ出して」

外に出ると、現実が一気に押《お》し寄《よ》せてきた。思っていたより長く話《はな》し込《こ》んでいたらしい。青みがかったグレーの空が遠くのオレンジをいまにも飲み込もうとしていて、信号待ちをしている先頭の車が思い出したようにヘッドライトを点《つ》けた。仕事帰りのおとなの人や、部活や塾《じゅく》の帰りだと思われる学生たちが通りを行《ゆ》き交《か》っている。みんな、それぞれの帰る場所へと歩いていく。わたしもその人たちにまぎれて、日常への帰路につかなければいけない。

——いやだ。反射的にそう思ってしまった。

振《ふ》り返《かえ》って、セミナーハウスの扉《とびら》を見る。ガラス扉は固く閉じられて、あの雑多な音はもう聞こえない。

わたし、楽しかった。みんなとラップをして、舞さんから知らないことをたくさん教えてもらって、楽しいと思ってしまったんだ。

現実世界に戻《もど》りたくない。「日常を器用に生きる大城萌々」に戻りたくない。ハリーもホグワーツからマグルの世界へ戻るときは、こんなふうに憂鬱《ゆううつ》な気持ちだったのだろうか。

舞さんからもらった封筒《ふうとう》を抱《かか》えて歩道の真ん中で立ち止まっていると、むかいのコンビニから新垣さんが出てくるのが見えた。

「あ、新垣さん！」

車道のむこうに向かって声をふりしぼると、彼女《かのじょ》が立ち止まり、「なに」とこっちをにらみつけた。

「あの、わたし、来週もここに来ていいかな。迷惑《めいわく》にならないかな」

新垣さんは一瞬《いっしゅん》、きょとんと目を大きく見開いたけれど、口をわずかに動かした。でも、車の音にさえぎられて、なんて言ったのかわからない。

「あの、ごめん。なんて言ってるか聞こえなかった！」

「……きにすれば！」

めんどくさそうに言うと、さっさと行ってしまった。

「好きにすれば」って、そう言ったんだよね？　それって、「ここに通ってもいいよ」ってことなのかな。

うれしくなって、封筒《ふうとう》を胸に押《お》し当《あ》てた。中には入会申込書《もうしこみしょ》が入っている。

週に一度、たったの一時間だけど、わたしは見つけてしまった。現実から逃《のが》れるための9と¾番線を。


家に帰ると、めずらしくママが先に帰っていた。廊下《ろうか》から階段をかけ上がろうとするわたしを、キッチンからめざとく見つけて声をかけてくる。

「遅《おそ》かったじゃない」

「あー、うん。茉奈《まな》たちとテスト勉強してた」

「あら～、えらい、えらい！」

とたんにママの声がはずむ。わかりやすい人だよ、まったく。

「夕飯できてるからねー」

いつもよりワントーン高い声に「はあい、すぐ行きまーす！」とよい子の返事をして、部屋のドアの鍵《かぎ》を内側からしっかり閉めた。

封筒《ふうとう》から申込書《もうしこみしょ》を出して机に広げる。受講料はひと月七千円。学生は半額でいいらしい。未成年は、保護者のサインも必要だって。こういうとき、中学生はまだ子どもだって思い知らされる。

習いごとをはじめると言ったら、きっとママは喜ぶにちがいない。でも、それがラップだったら？　あの健全と道徳をこよなく愛する人間が、ヒップホップに理解を示すことなんてあるのだろうか？

それに、もし理解をしてくれたとしても、だよ。

ラップをすることを、ママには知られたくない。ママだけじゃない。だれにも知られたくない。あのスタジオでは、ママの娘《むすめ》でも、陽気なももちでも、くされ縁《えん》のタロでもない自分でいられる気がしている。だから、あの場所をいまは大事に隠《かく》しもっておきたい。そんな気分なんだ。ああ、そうか。もしかしたらあの子もこんな気持ちでいるのかも。

机の引き出しを開けて、いちばん奥《おく》にしまっていたクッキー缶《かん》を引っぱり出した。ここぞというときのために、毎年のお年玉を大事にしまっていたわたしはえらい、天才だ。

フタを開けて、札束を数えてみる。うん。これくらいあれば、一年は余裕《よゆう》で通えそう。

ペンを取り、できるだけおとなっぽい字でママの名前をサインした。書きながら脳裏《のうり》によぎるのは、うそにうそを重ねて追《お》い込《こ》まれていくミステリー映画の犯人だ。こんなもん、ばれたら大目玉。中学卒業まで外出禁止もありえる話かもしれない。絶対にばれてはいけない。絶対に……。

申込書《もうしこみしょ》をていねいにたたんで、ひと月分の月謝といっしょに入れて封《ふう》をした。

大城萌々、十四歳《さい》。だれにもナイショでヒップホップ・ラップ、はじめます！

5

翌週、わたしはすぐに申込書《もうしこみしょ》と受講料を提出した。ばれるかと思ってひやひやしたけれど、わたしが書いたママのうそっこサインはあっさりと舞さんの目をくぐり抜《ぬ》けた。

ママには毎週月曜日は茉奈《まな》たちと勉強してから帰るって言えばいいし、茉奈たちには、食事当番だから早く帰らないといけないとかなんとか言えばいい。うまくその場を切り抜けるたびに罪悪感はついてまわるけれど、自由にはそれなりの代償《だいしょう》が必要だ。

新垣《あらかき》さんは、相変わらず学校では目も合わせてくれない。きっと、彼女《かのじょ》は彼女でラップ教室に通っていることを隠《かく》したい理由があるんだろう。わたしたちはそうやってお互《たが》いの心のテリトリーを守り合っている。

今日はラップ教室に入って三回目のレッスンの日。習いごとクラッシャーのわたしが、もう三回も通っているなんて信じられない。やっぱり無理やりやらされるのと、自分からしたいと思うのとじゃ意欲がまったくちがうよね。ママに教えてあげたいものだよ。

この日の目標は、テーマにそってリリックを書くこと。お題は、舞さんがみんなを見まわしててきとうに「顔」に決めた。

「ラップには、大事な要素が三つあったね。まず、ライム、韻《いん》を踏《ふ》むこと。つぎに、フロウ、歌いまわし。声に強弱をつけるとか、声の高さ、低さ、つまり、どう表現するかだね。同じリリックでもフロウでラッパーの個性が出るよ。そして、パンチライン。いちばんの聞かせどころ、要するに聴《き》いている人にパンチをくらわせるみたいな強烈《きょうれつ》な歌詞ね。今日はライムを意識して作詞していこう」

まずは、連想ゲームみたいに「顔」に関するキーワードをあげていく。たとえば、こんなの。目や鼻、口などのパーツとか、笑顔《えがお》や泣き顔といった表情に関するもの。その中から韻を踏む言葉を決める。

顔といえば……。わたしは、迷わず「マスク」に決定した。

マスクだから音はａｕｕだ。「あーうーうー、あーうーうー」と声に出していれば、音が合う言葉が見つかるかもしれないと赤《あか》ん坊《ぼう》のようにひたすらうめき続ける。

「あーうーうー……、あ！　はくしゅ！　あと……、さする。それから……」

先週買ったばかりの水玉もようの真新しいノートに、思いついた言葉をどんどんメモしていった。

「よし、それじゃあ、できたリリックをビートにのせてラップするよ！」

舞さんの合図で、みんながいっせいに立ち上がり、輪を作る。メモを見ながら、わたしも遅《おく》れて立ち上がった。

心臓がどきどきする。自分で書いたラップをほかの人に聴《き》かせるのって、やっぱりまだ気恥《きは》ずかしい。でも、できあがった歌詞を早くお披露目《ひろめ》したいような気もしている。

いよいよわたしの番が来て、ビートに合わせて歌い出した。

ガス爆発《ばくはつ》　マスク出す
サブスク外す　核家族《かくかぞく》
ラスベガスでペガサス
傘《かさ》さすが開かず
阿久津《あくつ》　たるむマスク外す

……一時停止ボタンでも押《お》したんじゃないかと思った。歌い終えて顔を上げると、みんなが固まっていて、そのあといっせいにげらげらと笑い出した。「だれよ、阿久津って」「サブスク外す核家族《かくかぞく》！　待て、腹痛い！」。ウケをねらったつもりはなかったんだけど。

おそるおそる振《ふ》り向《む》くと、案の定、舞さんが鼻をふくらませている。

「萌々《もも》ー！　なんじゃい、その韻《いん》の詰《つ》め合《あ》わせはー！　それじゃ、ただのダジャレでしょ！　ちっとも魂《たましい》がないじゃない」

「タマシー？？？」

舞さんは腕《うで》を組みながら大きくうなずいた。

「そ。ラップは単なる言葉遊びじゃない。その場にいる人たちとのコミュニケーションだとあたしは思っているわけよ。『あたしってこうなんだよね、それで、あなたは？』っていうやりとり。萌々のラップには、あたしはこう感じてる、あたしはこうありたいっていう萌々の魂がひとつも入ってない。からっぽなの。そんなのぶつけられたって、聴《き》いてるほうはポカンなわけ」

「す、すんません」

「いい？　言葉とビートに魂を宿すのがヒップホップだよ。マスクを通して伝えたい想《おも》いがないか、もういちど自分と向き合ってみて。そういう作業のくり返しで、相手に響《ひび》く強烈《きょうれつ》なパンチラインが繰《く》り出《だ》せるようになるからさ」

「はい～……」

消え入りそうな声で返事をしたものの、思わず、ううん、とうめき声をもらす。伝えたい想《おも》い、かあ。

むかしから、日記や作文といった類いのものは苦手。「あなたの気持ちを書きなさい」と言われると、とたんに頭の中がややこしくなる。他人の気持ちなら空気を読んで、状況《じょうきょう》を因数分解して……、とけっこうわかってしまうのに、自分のことになるとてんでだめだ。だから、いつも「とても楽しかったです。またやりたいです」でやりすごしてきた。はてさて、こんなわたしにも「伝えたい想い」が見つかる日は来るのかしら。

それでも、やっぱりリズムにのってしゃべるのって気持ちいい。もちろん、まだまだタマシーが足りてないらしいけど、言葉とビートがぴたっと合うと、パズルのピースがはまったみたいにスカッとする。

「リリックはこんなにめちゃくちゃなのに、リズムはちゃんと取れているんだよねー。フロウをわかっているとしか思えないし。萌々、あんたいったいなんなの。わけわかんない」

舞さんがため息まじりに言うと、みんながくすくす笑った。けなされたり、ほめられたり、ああ、忙《いそが》しや、忙しや。

「じゃ、つぎ、莉愛《りあ》」

舞さんに呼ばれて、新垣さんがラップを披露《ひろう》する。が、こう言っちゃなんだけど、やっぱりリズムは取れていないし、言葉もよく聴《き》き取《と》れない。それで、舞さんがちょっと借りていいかとたずねて彼女《かのじょ》のメモを見ながらラップした。

いまじゃ欠かせない　わたしのマスク
お気に入りは　ベージュ&《アンド》パープル
わたしの顔は　ハーフ&ハーフ
隠《かく》す自分　連れて歩き出す

「ええっ」

思わず身を乗り出していた。だって、まさか自分と同じ「マスク」をテーマに選ぶだなんて思わなかったんだもん。

しかも、マスクって、自分以外の人からはわりと嫌《きら》われ者《もの》だと思っていた。わずらわしいし、呼吸しにくいし。でも、その歌詞からは、マスクは味方だっていう想《おも》いを感じる。そんなのって……、まるで、わたしじゃないか。

舞さんが歌い終えると、「おお〜」とどよめきが上がった。新垣さんは、自分で作ったはずなのに、目をぱちぱちさせて舞さんに拍手《はくしゅ》を送っている。

「うん、すごくいい。マスク、パープル、ハーフ。おしりで韻《いん》を踏《ふ》んだあと、頭でさらに『隠《かく》す』を持ってきたところも変化があっていい。『ベージュ&《アンド》パープル』と『ハーフ&ハーフ』を並べたところにも工夫《くふう》を感じる。なにより、マスクが莉愛にとってどんな意味をもっているのかが伝わってくる。ええ。グレイトでございますわよ」

舞さんが親指をぐいっと立ててみせると、拍手かっさいがわき起こった。

「にしても、莉愛さ。まだまだビートをつかめてない。リズム、リズム、リズム！　修業《しゅぎょう》をつむこと！」

「……はい」

新垣さんが舌を出してうなだれている。あれ、こんなお茶目な仕草もするんだ。まじまじとその様子を見つめていると、舞さんがわたしたちふたりを見比べながら言った。

「萌々と莉愛は、足して二で割ったらちょうどいいだろうにねえ」

その言葉に、わたしたちは思わず顔を見合わせた。すると、新垣さんはすぐに顔をふいっとむこうに向けてしまった。あーあ、相変わらずの嫌《きら》われっぷりだよ、まったく。


レッスンが終わってセミナーハウスを出ると、コンビニの前で男のふたり組が女の子に話しかけているのが見えた。

「あれって……、新垣さん？」

まちがいない。あのフード姿は絶対そうだ。あの人たち、知り合いだろうか。

なんとなく気になって、道を渡《わた》り、建物のかげから様子をうかがうことにした。

「ねえ、きみってさー、アメリカ人？　日本語わかる？」

「制服ってことは、高校生だよね？　おとなっぽーい！　おれたち、大学生なんだけど、英語を専門に勉強しててさ。昨日からこっちに旅行で来てるんだよねー。あのさ、もしかして、基地の人？」

やけになれなれしいしゃべり方が耳にまとわりつく。基地の人。つまり、親が米軍関係者か、基地内労働者かってことを聞き出したいのか。

なんで？　そんなことを聞いてどうするつもり？　なに、この人たち。新垣さんはぶぜんとした表情でだまりこくっているし。

「おれたち、基地の中を見学してみたいんだよね。パス、持ってるんでしょ？　案内してくれない？　ね、ちょっとこれからいっしょにさ」

ふたりのうちのひとりが、新垣さんのフードに手をかけようとしたのを見て、

「ちょいと失礼！」

たまらずかけよって、新垣さんの腕《うで》をつかまえた。フードの下から驚《おどろ》いた顔がのぞく。

「え、なに。だれ？」

困惑《こんわく》する男たちを置き去りにして、その腕を力いっぱい引いて走り出した。

「ちょっと、なに！」

怒《おこ》ったような困ったような声を聞きながら、それでもわたしは走った。自分でもよくわからない。わからないけど、なんか、すごくいやだった！　なんだかモーレツに、腹が立っているー！

「おわっ」

やっちゃった。ハデに転んでしまった。

痛い〜と半泣きで体を起こして足を見ると、ひざこぞうがアスファルトの地面にけずられてずりむけている。

「あんた……、なにしてんの」

新垣さんが口をあんぐり開けている。

ほんと、なにしてんだろう、わたし。情けなくて、泣きたい気分で赤くにじんだひざを見つめていると、目の前にてのひらが現れた。

「え？　あの……」

「ほら、立って」

「あ、はい」

手をさし出すと、ぐいっと引っぱられて立ち上がった。それから、「来て」と前をずんずん歩く新垣さんのあとを、足の痛みをがまんしながらひょこひょことついていく。少し歩くと、年季の入ったマンションにたどりついた。ここって、もしかして、新垣さんの家なのかな。

とまどいながらもエントランスをくぐった。せまいエレベーターで沈黙《ちんもく》に耐《た》えつつ五階まで上がり、新垣さんがいちばん手前の部屋のドアを開くと、中からうちのママより少し若い女性が現れた。

「おかえりー。あら、友だち？」

そのうしろから、幼稚園児《ようちえんじ》くらいの男の子がひょこっと顔を出している。ふたりとも、わたしを見てぱっと顔を輝《かがや》かせた。お母さんと、弟、……たぶん。新垣さんとはちっとも似ていない。肌《はだ》の色も、顔のパーツも、なにもかも。

「この子、けがしてるから、救急箱ちょうだい」

ぼけっとつっ立っているわたしを指さして、新垣さんが言った。

「あら、大変。そんなとこにいないで、さ、上がって、上がって」

お母さんがあわてて玄関《げんかん》の靴《くつ》をよけてくれたので、「おじゃまします」と小さく頭を下げて、家に上がらせてもらうことにした。

廊下《ろうか》に家族写真が飾《かざ》られている。新垣さんと、お母さんと、弟くんと……。あれ？　この人、お父さんかな。どこからどう見ても日本人だ。でも、新垣さんはハーフのはずで……。

「そこ、座《すわ》って」

部屋に案内され、わたしは言われたとおりにミニテーブルの前に座《すわ》り込《こ》んだ。新垣さんが、むすっとした顔でだまってむかい側に座る。うう、沈黙《ちんもく》が気まずい。

それにしても、新垣さんの部屋ってこんな感じなんだ。あんまりじろじろ見ると悪いので、すきをうかがいながら、ちらちらと部屋のあちこちに目をやった。

机の上に集められたパステルカラーやラメのついた文房具《ぶんぼうぐ》。本棚《ほんだな》には、はやりの漫画《まんが》がぎゅうぎゅうに詰《つ》まっている。ベッドの上にはディズニーキャラクターのぬいぐるみやクッションがお行儀《ぎょうぎ》よく並んでいて、奇抜《きばつ》なところなんて、ひとつもない。わたしの部屋とたいして変わらないんだなって、なんだか妙《みょう》に親近感がわいてくる。

新垣さんは立ち上がると、ケースからCDを取り出して箱のような機械に挿《さ》し込《こ》んだ。

「それってもしかしてCDプレイヤー？」

「え、そうだけど。見たことないの？」

「こういうタイプははじめて見たかも。ふだんはスマホでしか聴《き》かなくて」

わたしがそう言うと、ふうん、と新垣さんはそっけなくうなずいた。

スピーカーから重低音とドラムの音が鳴り出して、床《ゆか》からわずかに振動《しんどう》が伝わってくる。ヒップホップだ。全身を包み込むような音のぶ厚さに驚《おどろ》いた。

そのうち弟くんが救急箱を、新垣さんのお母さんがアイスティーを運んできてくれた。お母さんはわたしと話したそうにしていたけれど、「いいから、むこう行ってて」と追い出されてしまった。

新垣さんは、救急箱を開けて消毒液と大きめのバンソウコウを取り出した。そして、手慣れた手つきでわたしのひざの傷を消毒し終えると、最後にバンソウコウを貼《は》ってくれた。

「あの、ありがとう」

返事はない。ぶっきらぼうだけど、悪い子じゃないのかもしれないな。しわなく貼られたバンソウコウを見て、そう思った。

ふと、聴《き》き覚《おぼ》えのあるイントロが流れはじめた。クイーンBだ。

「あ、この曲知ってる！」

「Bのこと、知ってるの？」

わたしがうなずくと、新垣さんは「そうなんだ」と目をまんまるにしてこっちを見た。

街を歩けば　だれもが振《ふ》り返《かえ》る
またあの子が　負《ま》け惜《お》しみを言っているわ

新垣さんが口ずさむ。彼女《かのじょ》のややハスキーな声がクイーンBの声と重なる。

わたしのすべてが　みんなの心をつかまえて放さない

わたしの口からもこぼれ出る。あれから何度も何度も聴《き》いて、下手な英語でも口ずさめるくらいには覚えてしまった。新垣さんが、驚《おどろ》いたようにわたしを見る。そして、いっしょに歌った。

世界一かわいいのはだれ？（そう、それはわたし！）
世界一クールなのはだれ？（それもわたし！）
そう　わたしが　クイーンビー《女王蜂》
女王を前に　だれもがひれ伏《ふ》す！

ラストまで歌いきって、わたしたちはお互《たが》いの顔を見合わせた。どちらからともなく笑《え》みがもれる。

うわ、新垣さんって、笑うとこんなにかわいいんだ！

びっくりして見つめていると、「なに？」とぶっきらぼうに言う。こんなかわいいぶっきらぼうがこの世に存在するのかと思ったら、思わず吹《ふ》き出《だ》してしまった。「なに」ともう一度言って、新垣さんはフードの内側に隠《かく》れるようにしながら、もうほとんど空のアイスティーをストローでじゅるじゅる吸いつづけている。

ふとストローをくわえたままのくぐもった声がした。

「なんで」

「え？」

「なんでさっき助けたの？　わたし、あんたに感じ悪くしてたのに」

それ、と言ってフードを指さすと、「これがどうかした？」という顔できょとんとしている。

「触《さわ》られたくないんじゃないかと思ったから。大事なものなのかなって」

「……ああ」

新垣さんは考《かんが》え込《こ》むように、ふと口を閉ざした。心の扉《とびら》をたたくとしたら、いましかない。思いきってたずねてみた。

「あのさ、さっき、『隠《かく》す自分　連れて歩き出す』って、たしかそう歌っていたよね。あれって、どういう意味？　ほら、マスクをいやがる人って多いじゃない。暑いし、めんどうだし。でも、あの歌詞はなんだかちがう気がして……」

新垣さんがコップをテーブルに置いて、ＣＤを止める。

なにかまずいこと聞いちゃったかな。せっかく仲良くなれそうだったのに、またまちがえちゃったかも。不安になって、後悔《こうかい》していると、

「わたしは、安心する。マスク」

新垣さんが口を開いた。

「ほんと？　わたしもだよ⁉」

思わず前のめりになる。

「あのね、わたし、自分の顔、……体も、あんまり好きじゃなくて。ほら、わたし、太ってるでしょ。みんなの前では気にしてないようにふるまっているけど、ほんとうはむかしからすごいコンプレックスで。だから、毎朝、鏡の前でマスクをつけて自分の顔を見る瞬間《しゅんかん》がいちばんほっとするんだ。……あ、ごめん、こんな話どうでもいいよね」

どうしてこんなこと言ってるんだろう。だれにも知られたくなかったことなのに。でも、自分と同じ気持ちの人がいると思ったらうれしくて、つい。

するといいと、新垣さんがぽつり、ぽつりと話しはじめた。

「わたしも、人に見られるの好きじゃない。っていうか、嫌《きら》い。どこにいてもじろじろ見てくるから、外歩くの、疲《つか》れる。わたしの見た目をなにかこそこそ話したり、直《ちょく》でからかったりしてくるやつもいるし」

わたしはうなずいた。奇妙《きみょう》なものを見るような目つき、いじわるな笑い声、言葉の矢を躊《ちゅう》躇《ちょ》なく放つ悪意。いやというほど身に覚えがある。

「へんだと思ったでしょ？　親も弟も、わたしと全然似てなくて」

「あ、えっと……」

さっき、家族写真を見ていたことに気づいていたんだ。申し訳なくて、情けなくて、ごめんなさい、と言いかけたとき、新垣さんが口を開いた。

「いいよ、べつに。不思議に思って当然だし。いまのパパとはね、五年前に家族になった。そのあと、弟の莉緒《りお》が生まれた。前のパパはアメリカ人なんだ。アフリカ系アメリカ人――黒人って言ったほうがわかりやすいか。米軍人で、わたしが生まれてすぐにアメリカに帰ることになっちゃって。でもママは沖縄に残りたくて、けんかになって離婚《りこん》したって」

そうなんだ。わたしはだまってうなずいた。

「ハーフって、けっこうめんどい。家族で買い物してたら、知らない人に『ホームステイですか？』とか聞かれるし、いっしょにファミレスに入っても、わたしだけちがう席に案内されることもある。そのたびに、あー、そっかー、わたしはみんなとちがうんだーって気にさせられる。わたし、ママも、いまのパパも、莉緒も大好き。大好きなぶん、そういうことがあるたびにちょっとずつへこんでて、『なんで自分だけこうなんだろ』って思ってたときにさ、このCDを見つけたんだよね。前のパパの忘れ物なんだ。去年押《お》し入《い》れで見つけて、聴《き》いてみたらすぐに好きになって、自分でもラップをやってみたくなった。それで舞さんのとこに入った」

「わたしも！　わたしもこの曲がきっかけなんだ！」

うれしくなって思わず身を乗りだすと、新垣さんが「へえ！」と目を輝《かがや》かせた。

「B、いいよね。Bの曲聴いてると、元気が出る。じろじろ見られても、へんな噂《うわさ》されても、どうでもいいって気分になる。ぶっちゃけ、わたしもこの肌《はだ》の色、けっこう気に入ってるしね」

そう言って、両腕《りょううで》をぐうっとのばす。

「うん、すっごくすてきだと思う」

お世辞なんかじゃない。心からそう思ったんだ。新垣さんは、びっくりしたようにこっちを見たあと、小さな声で「ありがと」とつぶやいた。

「あ、でもこれだけはべつ！　こいつとだけは相容《あいい》れない！」

「こいつって髪《かみ》の毛？」

「そう!!」

新垣さんは、口をとがらせる。

「くしでとくだけで痛いし、ひとつにまとめるのだって、めちゃくちゃ時間がかかる。でも、ママにはこの大変さがいまいちよくわかんないらしい。それどころか、『カワイイ』とか『あなたの個性』とか言ってくるから、まじでむかつく！」

「それ、わかる。ママってさ、こっちがどれほど悩《なや》んでても『カワイイ』って言ってくるよね。こっちはそれがカワイイだなんて一ミリも思えないから困ってるのにさ」

「まじでそれ」

お互《たが》いに鼻息荒《あら》くうなずき合って、わたしたちは思わずぷっと吹《ふ》き出《だ》した。なんだか信じられない。全然ちがうと思っていたわたしたちに似ているところがあったなんて。

「ほんとうはさ、ロックスとかブレイズとかしてみたい。ほら、よくブラックの人たちがやってる三つ編みや編《あ》み込《こ》みのことだよ。あれってべつにファッション的な理由だけじゃなくて、わたしたちみたいな髪質《かみしつ》には、ああいうヘアスタイルが髪や頭皮を守るためにもいいんだって。伝統的なヘアスタイルなのに、不良っぽいとか、偏見《へんけん》があってさ。アメリカでは髪型についての差別禁止法が最近やっとできたらしい」

「そうなんだ。全然知らなかった」

「わたしも。調べてて、最近知った」

新垣さんがうなずく。

「で、そういうヘアスタイルをするには、学校に許可もらったりしなきゃでしょ？　周りに自分のことをルーツから伝えて、納得《なっとく》してもらわないといけない。それって、超絶《ちょうぜつ》めんどうくさい。だって自分の健康や体のことだよ？　なんで生《お》い立《た》ちを他人にさらけ出して許可もらわなきゃいけないんだろ。ばかみたいだから、やんない」

新垣さんは、そう言って肩《かた》をすくめた。

「あの、もしかしてだけど、いつもフードをかぶってる理由って髪を隠《かく》すため？」

「ああ、これ？　これはちがう。小六のときにむかつくことがあってさ。修学旅行のときに、落ちてた手紙を拾ったわけ。差出人が書かれてなかったから、宛名《あてな》の人、ああ、あんたの幼なじみだっけ？　そいつに届けたら、周りにわたしが告ったってかんちがいされて、そのあとからあることないこと言いふらされるようになったんだよね。ああいうやつらって、直接は言ってこないじゃん。まじうざい。だから、フードをかぶって周りを威嚇《いかく》することにした。『もうだれもわたしに近寄るな。わたしはあんたたちとかかわる気なんて、いっさいないんだからね』っていう決意表明。けっこう効果あるでしょ？」

「でも、みんな誤解したままなんだよね？　ちがうならちがうってはっきり言ったほうがいいんじゃ……」

「いや、いい。これをかぶるようになってから必要以上に人とかかわらなくてすむようになったし。めんどくさいんだよね。ハーフだから足速いとかダンスうまいとかノリがいいとか、いちいち誤解を解くの。人種と個人の特性がイコールなわけないじゃんね？　とにかく、前みたいに勝手に髪《かみ》を触《さわ》られることもなくなって、けっこうラクなんだよ。むしろ、このまま誤解しといてくださーいって感じ」

「そんなもん？」

「そんなもん、そんなもん」

なんでもないっていうふうに軽く笑ってのける様子を見て、はっと気がついた。

わたし、ハーフだから周りのことなんて気にならなくてうらやましいとか、リズム感いいんだろうなとか、勝手にイメージでいろいろ決めつけてなかった？　新垣さんのこと、なんにも知らないのに。わたしみたいなのがうようよしている中を、彼女《かのじょ》は自分なりの闘《たたか》いかたで生きてきたんだ。

それにくらべて、わたしはどうよ？　嫌《きら》われないために本音を隠《かく》してニセモノの自分でみんなに取り入って、マスクの下じゃ泣いている。わたしたち、ちっとも似てないじゃん。似ているだなんて傲慢《ごうまん》だ。

すると、新垣さんがにいーっと笑って言った。

「あんたのマスクが盾《たて》なら、わたしのフードは矛《ほこ》ってとこ。ってことは、わたしたち、ふたりいっしょなら最強じゃない？」

その瞬間《しゅんかん》、体中をなにかがものすごい勢いでかけめぐっていく感じがした。指先まで熱くなる。ああ、この感じ、覚えがある。はじめてクイーンBの曲を聴《き》いたときと同じだ。

「莉愛でいいよ」

「え？」

「だから、名前」

そう言って、恥《は》ずかしそうに顔をふせる。

「あ、じゃあ、わたしも！　わたしも、萌々で！」

いきおいにまかせて言うと、新垣さん……莉愛はちょっと笑ってうなずいた。それから、はっとしたように顔を上げて、「でも、」とためらいがちに付け加えた。

「学校では、いままでどおりでいてほしい。……あと、ラップ教室のことも」

「うん、秘密にする」

「ありがと」と莉愛は小さくつぶやいた。

莉愛のお母さんと莉緒くんから熱烈《ねつれつ》なお見送りを受けながら、わたしはマンションをあとにした。

いてもたってもいられなくって、ひざのけがなんて忘れて走り出す。

心臓のどきどきが止まらない。まさか、こんな展開になるなんて思ってもみなかった。

だれにも言えなかったこと、言っちゃった。ほんとうのあの子のこと、知っちゃった。

莉愛があんなふうに笑うってこと、学校のだれも知らない。……だれにも教えてあげない。

――わたしたち、ふたりいっしょなら最強じゃない？

何度も、何度も、胸《むね》の奥《おく》で反芻《はんすう》する。

ほんとうにそんなわたしたちになれたらいい。心の底から、そう思った。

6

うりずんの季節はあっという間に梅雨《つゆ》にバトンタッチをしたようだ。道端《みちばた》のテッポウユリがおじぎをしたまま、真っ白な花びらから雨露《うろ》をたらしている。

耳にイヤフォンをはめてスマホの画面をなぞり、お気に入りのプレイリストをタップした。そのほとんどが莉愛《りあ》のおすすめだ。そして、もちろんクイーンB。あんなに嫌《きら》いだった登下校の道のりも、雨の中だって、もう全然苦じゃない！

「横断歩道、おーだんほどー、オーアンオオー、オーアンオオー……。オー……、今日……、パンどうよ……交換《こうかん》どうぞー……父さんどこー……Oh《オー》 あんこ、ドーン」

あんこドーンってなんだよほい。舞《まい》さんがヤンキーばりに顔をゆがめる姿が脳裏《のうり》に浮《う》かぶ。

クオリティはさておき、いまじゃ目に入るものすべてがラップの種だ。あんなに憂鬱《ゆううつ》だった通学路を、宝探しみたいな気分で歩いてる。まるで世界がひっくり返ってしまったみたい。

ラップをはじめてからの一か月はあっという間だった。ラッキーなことに、ママにはまだばれていないし、茉奈《まな》たちもどうにかごまかすことができている。

はっきり言って、毎日が楽しい！　一週間でダントツの嫌《きら》われ者《もの》だった月曜日が、いまでは楽しみでしかたない。

少し前から莉愛とわたしは、秘密の特訓をしている。レッスンのあと、場所はセミナーハウスの裏の公園で。毎回お題を決めて、書いてきたリリックを見せ合う。莉愛はわたしのリリックがどうしたらもっとよくなるかアドバイスしてくれる。わたしが莉愛のリリックを自分なりに歌ってみて、莉愛はビートのつかまえ方を研究する。

先週のお題は、「雨」。わたしは入魂《にゅうこん》のリリックを莉愛に見せた。

「どれどれ。

大雨　小雨《こさめ》　にわか雨

毎日雨ばっかり　わたしがっかり
家に引きこもり
テレビつけにらむ　梅雨前線
昨日爆買《ばくが》いした　アイス千円
あきらめて外へ飛び出そう
傘《かさ》を開いて　プチョヘンザ
天気予報を　皆《みな》チェケラ！

……ちょちょちょちょ、待って！　ダサすぎて死ぬ！」

「こらー！　笑うな！　これでも自信作だったんだから～」

「まじ、最高だよ。もっとくださいい、萌々《もも》せんせー！」

なにがツボに入ったのか、莉愛がヒイヒイ言いながらお腹《なか》を抱《かか》えて笑い転げ、あやうくベンチから落っこちるところだった。それを見て、だんだんわたしもおかしくなってしまった。ふたりでげらげらと笑い合っていると、犬の散歩をしていたご夫婦《ふうふ》が「仲が良くていいわね～」なんて言いながら、にこにこと通りすぎていった。

こんなふうにだれかと心から笑えるのって、いつぶりだろう。しばらくこんなこと、なかったような気がする。

——この時間さえあれば。

そう思った。この時間さえあれば、ほかにどんないやなことが起きたって耐《た》えられる。莉愛さえいてくれれば。

だから、この時間は、この場所は、だれにも見つかるわけにはいかない。この秘密は、絶対に守りぬかなきゃならないんだ。わたしはそう、心に誓《ちか》った。

勉強もスマホもそっちのけで、リリックを書いていた一週間。そして、今日は月曜日。できあがったリリックを莉愛に見てもらう日だ。我ながら、いままででいちばんのできだと思う。っていっても、また莉愛は笑うかもしれないけれど。

「あ、いいの思いついたかも！」

教室に着いて、さっそくカバンから水玉もようのリリックノートを引《ひ》っこ抜《ぬ》いて、忘れな

いうちに書き留めていると、

「なにを書いてるの？」

とつぜん茉奈の顔が視界に入《はい》り込《こ》んできて、あわててノートを閉じた。

「あ、や、べつになんでも」

そそくさと机の中にノートをしまうわたしを見て、茉奈は「ふうん？」と首をかたむける。

「あ、そうだ。これこれ」

茉奈が思い出したようにスマホの画面を見せてきた。

「海空エイサーまつり？」

「うん。今年もやるんだって」

海空エイサーまつりは、年に一回、八月に開催《かいさい》される。海浜《かいひん》公園のグラウンドをぐるりと取り囲むように屋台が並び、舞台《ぶたい》ではカチャーシーという沖縄の踊《おど》りの大会や、お笑い芸人の漫才《まんざい》、市内の小学校の吹奏楽部《すいそうがくぶ》の演奏がくり広げられる。そして、夜には各自治体のエイサーの演舞が披露《ひろう》され、祭りのしめに夜空を花火が埋《う》め尽《つ》くす。このあたりではいちばんのお祭りだ。

登校してきたアキちゃんとほのかが「どした、どしたー」とさっそく群がってきた。

「わたしたち抜《ぬ》きで、なんか楽しそうな話してる」

「あー、海空エイサー！　去年、みんなで行って楽しかったよね」

「今年は浴衣《ゆかた》着て行こうよ！　実は、もう買っちゃったんだよね。合わせて髪飾《かみかざ》りも買っちゃった！」

茉奈が言うと、ほのかがぎょっとした顔をした。

「えっ、夏休みでしょ？　気が早いな」

「だって、浴衣ってかわいいやつから売り切れちゃうんだもん。海空エイサーなんて、このあたりの人みーんな行くんだから、もう今月中にはお店からなくなっちゃうと思うよ？」

「そんなもんかねえ」

「ね、みんなもさ、浴衣持ってるでしょ？　もし持ってなかったら、うちの親戚《しんせき》から借りてくるからさ。ね、お願い！」

「あー、うち、たぶんあるよ」

ほのかが言うと、「ほんと？　なに色のなに柄《がら》？」と茉奈がさっそくくいついた。

「たしか紺色《こんいろ》で、柄は向日葵《ひまわり》だったかな？　お姉ちゃんのお下がり」

「うちのは白と水色のストライプに、金魚が泳いでるやつ」

「わー、ふたりともめっちゃ似合いそう！」

ふたりの浴衣姿《ゆかたすがた》を想像して、わたしは大きくうなずいた。

「かぶってなくてよかったー。わたし、ピンクのあじさいのやつ買ったんだよね。で、ももちは？　浴衣持ってる？」

「あー、うーんと」

いちおう、我が家《わがや》にもあることはあるのだ。いとこのお姉ちゃんのお下がりが。たしか淡《あわ》い紫《むらさき》の、毬《まり》もようのやつ。去年、ためしにママに着せられたけれど、わたしが着るとずんぐりむっくりで、まるでシーツを巻いてるみたいでヒサンだった。

思い出してため息をついているそばで、アキちゃんが茉奈にたずねた。

「てか、なんでそんなに浴衣でそろえたいわけ？」

「なんでって、祭りといえば浴衣じゃん！　みんなそろって着たら、かわいいじゃん！」

それに、学校の人たちもみんな来るだろうし……、と茉奈がぼそりとつぶやいた。

「いーんや、祭りといえば、たこ焼きでしょー」

「ノンノン。ヒージャーオーラセーでしょっ！」

「ちょっと、話ずれてる！」

ちなみに、ヒージャーオーラセーとは、二頭の雄《おす》ヤギに角をぶつけて闘《たたか》わせる闘《とう》ヤギのことだ。

三人がやいのやいのと言っているそばで、わたしは茉奈のスマホの画面をもう一度見た。開催日《かいさいび》は、八月三日。八月最初の土曜日だ。

「ごめん、わたし、この日は行けないや」

「えっ、なんで!?」

三人がいっせいにこっちを見る。

「予定入れちゃってて。……ちょっと、親戚《しんせき》の用事」

苦しまぎれのうそをつく。ほんとうの理由は、その日、舞さんのサイファーを見学しに行く約束を莉愛としたから。サイファーっていうのは、ラッパーたちが輪になって即興《そっきょう》でラップをし合う場のこと。見学に来ないかってこの前のレッスンのとき、舞さんが莉愛とわたしを誘《さそ》ってくれたんだ。

「そっかあ。残念のきわみである……」

「ちーん」

「ほんと、ごめん！　みんなで楽しんできて！　あ、写真、いっぱい撮《と》ってきてね」

顔の前で手を合わせると、「しかたないね」と三人が顔を見合わせた。

友だちにうそを重ねつづけるのは、心苦しい。でも、こうでもしないとわたしの大事な居場所は守れない。

あー、早くスタジオに行きたい。そう思ってしまうわたしって、友だち失格なんだろうな。

「ももちさ、なんか変わったことあった？」

「えっ」

茉奈に聞かれて、思わず声が裏返った。

「最近楽しそうだなーと思って」

茉奈が言うと、「たしかに」「生き生きしてるね」「お肌《はだ》ピチピチだね」とアキちゃんとほのかがまじまじとわたしの顔をのぞきこんでくる。

「これは、あれですな」

「あれしかありませんな」

「あれって？」

「ラブだよ、ラ・ブ！」

そう言ってふたりは顔の前に手でハートを作ってみせた。

「えっ、そうなの⁉　付き合っている人がいるから、最近付き合い悪くなったの？　もしかして、海空エイサーもその人と行くとか⁉」

茉奈の言葉に、思わずむせてしまった。

「なわけない、ない」

もう、なにを言っているんだ、この人たちは。

「やだ～、いよいよ、恋愛《れんあい》とは無縁《むえん》だったこのグループにも遅《おそ》めの春到来《とうらい》？」

「桜咲《さ》いちゃう？」

「まんかーい♡」

勝手に盛り上がるアキちゃんとほのかのそばで、え、え、え、とうろたえる茉奈。

「いい、萌々、よくお聞き。恋《こい》は、や・か・ん。急に熱しすぎるとふきこぼれちゃうから、じっくりあたためなさいよ⁉」

「んなもん関係ねえ。ふきこぼれちまえー」

「だはははは！」

「だから、恋《こい》なんかじゃないんだってばー！」

思いのほか大きい声が出てしまって、周りの視線がこっちに集まった。

教卓《きょうたく》のあたりで男子たちとだべっていた由快《ゆかい》とばちっと目が合ってしまって、わたしはぷいっと顔をそむけた。そう、わたしたちの冷戦はつづいているのです（というか、わたしが一方的に無視しつづけているのだけれど）。

「ごめん、ごめん。からかって悪かったー」

「すまないー」

「もう」とむくれ顔をアキちゃんとほのかに向けつつも、でも、と思う。恋じゃないって全否定したけれど、夢中になることを恋って呼ぶのなら、わたし、いま、きっと恋している。だって、頭の中は寝《ね》ても覚めてもラップのことでいっぱいなんだから。

「変わったことといえばさー」

ほのかが、少しあらたまったようにこっちを見る。

「ももち、あれからなにもされてない？　前、へんなものロッカーに入れられてたじゃん」

そうだ、牛の絵。そんなこともあったっけ。

「ううん。なにもないよ。……というか、いまのいままですっかり忘れていました！」

「そっか。なら、よかった」

「いい、いい。あんなの忘れろー。忘却《ぼうきゃく》の彼方《かなた》へー」

アキちゃんが言って、わたしもうなずく。

「うん、忘れる。あんなくだらないことする人ってさ、たぶん、よっぽど満たされていないんだよね、きっと。そう思ったら、逆になんだかかわいそうだなって思ってきた」

「そうそう。そのとおり」

アキちゃんが首をたてにぶんぶん振《ふ》るそばで、ほのかが言う。

「なにかあったらさ、いつでも言いなよ」

「うん。ありがとう」

うっかり鼻の奥《おく》がツンとなる。ありがとう、ほのか。アキちゃんも、茉奈も。心配してくれていたんだよね。

ほんとに、すっかり忘れてた。あのときは、あんなに悲しくて悔《くや》しくて、腹が立っていたのに。

結局、あの牛を描《か》いたのって、だれだったんだろうって、考えようとして、やめた。だって、ほんとうにいまの自分にとってはどうだっていいって思えるから。わたしにとって、いま、いちばん大事なのは――。

教室のドアが開いて、莉愛が入ってきた。目が合って、わたしがそっとマスクに触《ふ》れると、莉愛がフードのはじをちょんとつまむ。

――今日は月曜だね。

――うん。スタジオで待ってる。

ふたりだけの秘密のサイン。だれにも踏《ふ》み入《い》らせない、わたしたちだけのセーフティスペース。わたしが唯一《ゆいいつ》、「大城《おおしろ》萌々」の鎧《よろい》を脱《ぬ》げる場所――。

7

夏休みがはじまって二週間。部活にも塾《じゅく》にも入っていないわたしの、この夏唯一《ゆいいつ》のイベント、待ちに待ったサイファーの日がやってきた。ママには茉奈《まな》たちと海空エイサーに行くことにしてあるから、多少の門限やぶりもきっとだいじょうぶ。

待ち合わせ場所のいつもの公園に現れた莉愛《りあ》を見て、思わず「わあ」と声がもれた。

グレーのパーカーの下に蛍光《けいこう》イエローのタンクトップを着て、ダメージデニムのショートパンツを合わせている。足元には厚底のスニーカー。ちょっと莉愛ってば、ラッパーっぽいじゃんか。すごくいい！

うつむきがちに、「これ、どうかな」と尋《たず》ねられて、

「めっちゃくちゃ、似合ってる！」

と興奮気味にさけぶと、莉愛が照れくさそうに笑った。

舞《まい》さんのサイファーは、アメリカンビレッジっていうリゾートタウンの裏にある海に面した広場で、夜の七時からはじまる。夕日が海にとけるマジックアワー。魔法《まほう》みたいに美しい空の下、たくさんの観光客とすれちがいながら、ライトアップされたカラフルな建物の間を通《とお》り抜《ぬ》けていく。イルミネーションで彩《いろど》られたヤシの木の下を歩きながら広場を目指していると、莉愛が遠くを指さした。

「あ、あれじゃない？」

目を細めると、十数人の人たちが集まっているのが見える。波の音にまぎれて、うっすらとビート音が聞こえてくる。

「あ、舞さんだ」

相変わらず奇抜《きばつ》なかっこうをした舞さんが、男の人たちと談笑《だんしょう》している。舞さんはわたしたちに気がつくと「あ、おーい」とさけんで、おいでおいでと手まねきした。

「うちのレッスン生の莉愛と萌々《もも》」

近くにいた人たちに簡単に紹介《しょうかい》してもらって、「よろしくお願いします」とわたしたちは深々と頭を下げた。

少し離《はな》れたところのベンチに座《すわ》って、見学させてもらうことにした。いかにもラッパーっぽい人もいれば、ちっともそんなふうに見えない人もいる。女性も何人か参加している。

ぴったり七時になって舞さんが声をかけると、これまでゆるく過ごしていた人たちが立ち上がって輪をつくり、スピーカーから流れてくる大音量のビートに真剣《しんけん》な顔で体をゆらしはじめた。

サイファーがはじまった。ひとりずつ順番にマイクを持ち、思い思いの言葉で八小節をつむいでいく。ひとりひとり、なにを歌うかも、どんなフロウかもまるでちがう。個性と個性のぶつかり合いだ。ときには相手をディスる言葉が飛び出してひやひやして展開を見守っていたけれど、その根底に相手へのリスペクトがあるから、これもひとつのコミュニケーションなんだってことがだんだんわかってきた。

ラップ教室とは全然ちがう――。わたしたちは思わず顔を見合わせた。

舞さんは、その中でも抜《ぬ》きんでてうまい。全国のラップバトル大会で優勝した経験があるのもうなずける。メンバーの人たちも、舞さんのスキルを持って帰ろうと一言一句聴《き》き逃《のが》してたまるかといった様子で、舞さんから目を離さない。通りすがりの人たちも舞さんのターンになると足を止めて聴き入って、動画を撮《と》りはじめた。

たった八小節。その中に舞さんの魂《たましい》がぎゅうぎゅうに詰《つ》まってる。どうだ、かっこいいだろ、うちの舞さんは。わたしは、こんなかっこいい人からラップを習ってるんだぞ。

誇《ほこ》らしくて、みんなに言いふらして歩き回りたい気分。舞さんが最後のバースを蹴《け》り終《お》えると、広場は歓声《かんせい》に包まれた。

休憩《きゅうけい》に入って舞さんやメンバーさんたちとおしゃべりしていると、ふたりの若い男たちが離《はな》れたところでこっちを見てにやにや笑っているのに気がついた。近くにいたメンバーさんが、見ない顔だって言っている。どうやら、今日はじめて参加している人たちっぽい。

「ちょっと、そこ。さっきからなに？　言いたいことあるなら、はっきり言って。気分悪いわ」

舞さんが単刀直入に言うので、さっきまでゆるんでいた空気がぴりっとする。男の人たちは、

「だって、なあ？」

とにやにやと顔を見合わせた。

それから、赤いキャップをかぶっているほうが、わたしと莉愛を見ながら言った。

「聞きましたよー。こんな子ども相手に学校ごっこって、まじっすか？」

あ。わたしたちのこと笑ってるんだ。それと、わたしたちにラップを教えている舞さんのことも。

「んあ？　いま、なんつった？」

舞さんの声が、いつもよりずっと低く響《ひび》く。

それでもおかまいなしに、赤キャップが言う。

「だって、あの伝説のラッパーの舞さんがやってるサイファーだっていうから来たのに。ぬっる〜って思っちゃいますよ、やっぱ」

「過去の栄光ってやつっすかー。あ、ちょっとなんか切ないかもー」

鼻にピアスをつけてるほうが、泣いているふりをして笑う。

「あたし、レッスンもサイファーも本気でやってんの。この子たちも本気でやってるから連れてきた。わかったら、だまっててくれる？」

「なら、その本気、見せてくださいよー」

「ねえ、きみたちさ、ちょっとこっちおいでよ」

「え？　ちょっ、なんですか！」

わたしと莉愛はいきなり赤キャップと鼻ピアスに腕《うで》をつかまれて、広場の真ん中に引きずり出されてしまった。莉愛が泣きそうな顔でこっちを見ている。

とまどうわたしを見て、ほかのメンバーさんたちがあわてて止めに入る。

「おい、お前らいいかげんにしろ」

「そうだよ。その子たち、今日は見学に来ただけなんだから。荒《あ》らしなら帰ってくれる？」

すると、鼻ピアスがいじわるな笑《え》みを浮《う》かべて言った。

「いいじゃないですかー。だって、本気なんですよね？　それなら、はじっこで見てるだけじゃなくてさー、ラップのひとつくらいお披露目《ひろめ》してくれたってよくね？」

「やっぱ、無理なんじゃん？　だって、こんな女の子たちがね。それに、なんか、」

赤キャップが、わたしを見てプッと吹《ふ》き出《だ》した。

カッチーン。

ねえ。いま、わたしがデブだから笑ったよね？　わたし、そういうの百パーわかるんだからね？

ラップは老若男女《ろうにゃくなんにょ》、だれにでも開かれているはずだ。それなのに、なにこいつ。さっきのみんなのラップの言い合いとは次元がちがう。クソ次元。

「萌々、気にすることないよ。下がって」

舞さんがそう言って肩《かた》にかけてきた手をわたしは無意識にふりはらって、そいつらの前に進み出ていた。

「お？」という顔で、赤キャップと鼻ピアスがおもしろそうにこっちを見る。スピーカーの上に置かれていたマイクを赤キャップがつかんで、わたしの目の前に立った。

みんなが心配そうに見つめる中、鼻ピアスがにやにやしながらビートを流しはじめた。

赤キャップはいかにもそれらしく首をゆらしてリズムをとり、マイクをかまえた。

YO！　いいか？　よく聞け
おれらは地元じゃ　名の知れたルーキー
フジト　a.k.a.《エーケーエー》　狂犬《きょうけん》
数年後　お前らが見上げる首里城《しゅりじょう》
みたいな琉球《りゅうきゅう》のてっぺんになるおれ

スタジオ借りて　ヒップホップごっこ?
ヒップホップは　そんな生ぬるいもんじゃねえぞ
ガキは家に帰って TikTok《ティックトック》でもしてな　A-ha?
オバサンはトロフィー眺《なが》めてヨガでもしてろ

イエー！　と赤キャップが鼻ピアスとハイタッチをかわしている。

「…………」

唇《くちびる》をぎゅっとかみしめた。自分たちではうまくやれてるつもりでも、そんなの、全っ然、ちっとも、舞さんの足元にもおよばないんだからな。ばかにして、許せない。舞さんがどんな思いでレッスンをしているか知りもしないで。

やられたら、やり返す。自分のどこに眠《ねむ》っていたのか、ヤンキー根性《こんじょう》に火が付いた。赤キャップがにやにや笑いながら、マイクを渡《わた》してくる。それをつかみ取って、わたしはマイクをにぎりしめた。

全身の血液が沸騰《ふっとう》する。莉愛や舞さんやメンバーみんなが心配そうに見守る前で、わたしは意外と冷静だった。ルーキー。狂犬《きょうけん》。首里城。赤キャップが使ったワードを頭の中に並べる。
　やり方なら、さっきのを見てだいたいわかった。八小節、かけぬけてやる。カウント、3《スリー》、2《トゥー》、1《ワン》。

名の知れたルーキー？
知らねえな　スヌーピー？
大好きな地元で　ママにでも吠《ほ》えてろよ
あんたが首里城？　笑わせるなよ
燃えカスにもなんないよ

オーケー　あんたのはラップじゃないただのゲロ
体の不要物を　吐《は》き出《だ》しただけのゲロ
吐いてすっきりしたい？　ご自由にどうぞ
ちなみにお手洗いなら　そのむこう！

勢いあまって芝生《しばふ》にマイクをたたきつけた。ギイイインといやな音がスピーカーからこだまする。ハアハアと息を切らしながら、ふたり組をにらみつけた。

一瞬《いっしゅん》の間があいて、それから、おおお！　と歓声《かんせい》が上がる。一瞬、なにが起こったかわからなくてぼうっとつっ立っていると、舞さんがわたしの肩《かた》をがしっとつかんで、そいつらに向かって言った。

「これでわかったろ、坊《ぼう》やたち。満足したなら、さっさと帰んな」

「………」

赤キャップと鼻ピアスは、青白い顔をして、すごすごと広場をあとにした。

「なんだあいつら、だっさー！」

舞さんが勝《か》ち誇《ほこ》ったように鼻で笑う。

「萌々ー！」

莉愛がかけよって、飛びついてきた。

「もー、どうなることかと思った～！」

「わたしも～」

放心状態で立ちすくんでいると、

「お姉ちゃん、やったなあ」

「舞さんから直《じか》に習ってるだけあるわ。いやまじで」

メンバーさんたちがやってきて、つぎつぎに手をがっちり組みかわした。

わたし、うまくやれたってことか。ほっとして、急に力が抜《ぬ》けてふらついたところを、おっと、と莉愛が支えてくれた。

すると、舞さんが腕組《うでぐ》みをしながら気難しい顔でこっちを見た。

「ライムもフロウもまだ全然だめ。へたくそもいいとこ。それに、なんだよ『ゲロ』って。あたし、そんな下品なリリックなんて教えてないよ」

それを聞いて、メンバーさんたちが茶化すように言う。

「舞さん、きっびしー！」

「いや、『ゲロ』含《ふく》め、舞さんイズム、ちゃんと入ってましたけどねー」

うるせー、と舞さんがにらみつけて、みんなが笑う。

「でも、」とわたしの方に向き直って言った。

「悪くなかったよ。おつかれ」

舞さんがにかっと笑って、わたしの肩《かた》をグーパンチした。

「いてっ」

肩の痛みが心地《ここち》いい。

悪くなかったよって。

そんなふうにだれかに言われたの、はじめてだ。

わたし、ずっと自分のことを「いい」か「だめ」かで考えていた。わたしはだめなやつだから、いい自分にならなきゃって、変わらなきゃって思って生きてきた。でも。

悪くない。

その五音が、胸を満たしていく。You《ユー》 are《アー》 OK.《オーケー》 だめじゃないよ。いまのあなたのままでだいじょうぶだよって背中を押《お》されてるみたいで、なんだか、すごくほっとする。

それに、いま、はじめて自分で自分のことを、「悪くない」って感じてる。


帰り道、わたしたちはあえてバスに乗らずに歩いて帰ることにした。バスに乗ってさっさとおわかれって気分にはなれなかったから。家までたぶん一時間近くかかるけど、問題ない。なんなら、今夜はこの余韻《よいん》で一晩中だって歩けちゃいそうな気がする。

莉愛は、ずっとわたしのラップの話をしていた。

「狂犬《きょうけん》をスヌーピーに言《い》い換《か》えたのは、まーじーで！　やばかった」

「首里城の燃えカスのくだり、あんなのよく思いついたね！　あのふたりの顔見た？　はー、スカッとしたー。ほんっと、いい気味！」

もう、最高！　といつになく莉愛のテンションが爆上《ばくあ》がりしている。普段《ふだん》ツンツンしている分、はしゃぐ莉愛はその百倍かわいい。

「でも、ちょっと悔《くや》しいかも」

急に立ち止まって、莉愛がぼそっと言った。

「悔しい？」

「だって、萌々にデビューを先越《こ》されちゃったから」

「えー。デビューって言えるのかなあ？」

「デビューだよ！　おめでと。フンッ」

口をとがらせて、莉愛がわたしの前を歩き出した。フンッ、だって。学校のだれも、こんなふうに莉愛の表情がくるくると変わることを知らないなんてもったいない。けど、わたしだけが知っていたい気もしている。

「そうだ！　デビューを記念して、ラッパー名を考えないと」

莉愛が思いついたように言った。

「ラッパー名？」

「うん。舞さんは、アルファベットでＭａｉだよ。クイーンＢだってラッパー名だし。ステージに立つとき、本名じゃ決まらないじゃん。なんかないの？　かっこいいやつ」

「そんな急に言われても」

うーん、と考《かんが》え込《こ》んでいると、莉愛がひらめいたようにこっちを見た。

「じゃ、わたしが決めていい？」

「えっ、いいよ。なにか思いついた？」

「ピーチ」

「ピーチ？　桃《もも》のピーチ？」

「そう。萌々だから、ピーチ」

「うわ、安易ー」

「いいじゃん。覚えやすくて」

莉愛が口をとがらせている。

ピーチ。わたしは、ピーチ。うん、たしかにいいかも。

「そういう莉愛は？　もしかしてもう、決めてあるの？」

わたしが聞くと、莉愛はこくんとうなずいた。

「チョコレート。この肌《はだ》の色を誇《ほこ》りに思ってるんだって、名前で示したいから」

莉愛がまっすぐ前を見て言う。

「うん……。いい。すっごくいい」

サンキュッ、と莉愛がはにかんだ。

「ねえ、萌々。わたしがチョコレートとしてステージに立つときは、となりに萌々に……、ピーチにいてほしい」

「それって……、ユニットを組もうってこと？」

「だめか」

莉愛が照《て》れ隠《かく》しで笑って下を向く。

だめなわけない。ブンブンと飛んでいきそうなほど首を横に振《ふ》ると、莉愛がほっとしたようにうなずいた。

「ピーチとチョコレート」

「わたしたちは、ピーチとチョコレート」

「おー。なんか甘《あま》そうで、いい響《ひび》き」

わたしたちは顔を見合わせて、ふふふと笑い合った。


気がつくと、うちのすぐそばまで来ている。

腕時計《うでどけい》を見ると、もうすぐ九時。けど、お祭りから帰る人で、通りはいつもよりにぎわっている。

わざわざ遠回りしてくれた莉愛にお礼を言って、くるりと振《ふ》り向《む》いた瞬間《しゅんかん》、玄関《げんかん》のドアがガチャリと開くのが見えた。まずい。ママだ。

「ああ、萌々。バス停まで迎《むか》えに行こうと思ってたとこ」

門から出てきたママが莉愛に目を向けて、「え？」という表情で固まった。ママには、茉奈たちとお祭りに行くって言ってある。

「新垣《あらかき》莉愛です。萌々さんとは同じクラスで」

「あ、ああ！　そうなのね。そう。あ、萌々がいつもお世話になって」

ママは一応それらしくおじぎをしてみせたけど、莉愛の見た目や服装が気になってしかたないという感じで、眉《まゆ》を寄せている。なにこれ。最悪の気分。

「遅《おそ》いから、車で送りましょうか」

「いえ、遠くないのでだいじょうぶです」

「そう？」

「はい。それじゃ、失礼します」

「気をつけてね」

莉愛は、これまでに見たことがないくらいていねいにママに対応してみせた。

玄関《げんかん》に入るなり、ママが口を開いた。

「今日、ずっとあの子といっしょにいたの？」

「そうだけど」

「でも、茉奈ちゃんたちとって言ってたじゃない」

「莉愛もいっしょだったの」

またうそをついた。わたし、どんどんうそつきになっていく。でも、そんなことよりママのあの態度はない。靴《くつ》を脱《ぬ》ぐわたしに、ママがなにか言いにくそうに話しかけ続ける。

「そう。でも、なんというか、あれね、いままで萌々の周りにいたことがないタイプよね
……」

「なにが言いたいわけ？」

「いや、だって、あんなハデなかっこうしているし、親としては、まあ心配になるじゃない」

振《ふ》り返《かえ》って、まっすぐママの目を見た。

「でも、ママ、人は見た目じゃないっていつも言ってるよね？」

「それとこれとは、話がべつでしょ」

「同じだよ。やっぱりママだって見た目を気にするんだ。わたしには、人は見た目じゃないって言っておいて、うそつきじゃん」

「うそつき？」

ママの声のトーンが変わった。ひるむな、わたし。わたしは絶対にまちがってなんかない。

「ママにはね、あなたを危険から守る役割があるわけ」

「莉愛が危険ってこと？　莉愛のこと、なんにも知らないのに？」

「そんなこと言ってないでしょ」

「ううん、言ってる。ママはいつだってそう。わたしにはなにか挑戦《ちょうせん》してほしいくせに、自分のテリトリーにないものは、不安がって、遠ざけて。ちゃんと目の前のものを見ようとしない。それって、ただママが安心したいだけじゃん。わたしはママを安心させるために生きてるんじゃない！」

「萌々！」

「ママなんか、大《だい》っ嫌《きら》い」

「…………」

階段をかけ上がって、部屋のドアを思いきり閉めた。

むかつく。危険ってなんだよ。そういう勝手な思《おも》い込《こ》みで、莉愛はいままでずっといやな思いをしてきたのに、自分の親がこうだなんて。

さっきのママと莉愛のやりとりを思い出す。あんな態度じゃ、莉愛はママが思っていることを感じとったにちがいない。莉愛に申し訳なくて、自分の親が情けなさすぎて、泣きたい。

さっきまで、あんなに楽しかったのに。ママのせいでだいなしだ。

8

二学期がはじまった。

わたしは、この夏のほとんどを莉愛《りあ》と過ごした。ラップ教室だけじゃなくて、莉愛の部屋でいっしょに練習をしたり、ときどき宿題をしたり、映画を観《み》たり、音楽を聴《き》いたり、とにかくいろいろ。毎年、夏休みはぐうたらを極《きわ》めていたのに、こんなにメリハリのある夏を過ごすことになるなんて思ってもみなかった。……ちなみに夏の間、ママとはほとんど口をきいていない。

「やっほー。元気だったかーい！」

休み明けとは思えないほど陽気なアキちゃんにつづいて、茉奈《まな》とほのかも教室に入ってきた。書きかけのリリックノートを急いで机の中にしまい、めいいっぱいテンションのギアを上げる。ひさしぶりに会うアキちゃんと茉奈は、こんがりとやけていた。出不精《でぶしょう》のほのかにかぎっては、ますます色白になった気がするけど。

四人でおしゃべりをしていると、ここからまた長い二学期がはじまるんだなって思い知らされる。気をひきしめて、「教室用のわたし」をうまいことやっていかなくちゃ。

あれ。それにしても、さっきからみんながわたしのことを見ている気がする。なに、わたし、なにかへん……？

すると、ひとりの男子がにやにやしながらこっちに近づいてきた。

「大城《おおしろ》ー、お前さ、ヒップホップはじめたんだって？」

「は!?　なんでっ」

「なんでって、やっぱそうなんだ！　すっげー！」

すると、ほかの男子もおもしろそうにわたしの机の周りに集まってきた。

「ヒップホップって、あれだろ？　地面に頭をつけて、ぐるぐる回るやつ」

「まじ？　そんなことできんの？　フー！　かっちょいー」

「ちょっとやめなよ、あんたたち」

アキちゃんが一発でだまらせた。

「ももち、ももち、こっち来て」

ほのかに無理やり連れ出されて、廊下《ろうか》に出る。

「これ、今朝、投稿《とうこう》されてたみたい。わたしもいま気づいたんだけど……」

ほのかからスマホを受け取って、画面に映し出された画像を見て倒《たお》れそうになった。

「なにこれ……」

クラスのグループチャットに、わたしが舞《まい》さんとセミナーハウスに入るところの画像が上げられている。それも、「ヒップホップ、はじめたんだモー♡」ってコメント付きで。

盗撮《とうさつ》なんて、卑怯《ひきょう》にもほどがある。ってか、犯罪じゃん！　いったい、だれがこんなこと……。真っ黒なアイコン。アカウント名は〈NOFACE《ノーフェイス》〉。

「このアカウント、心当たりある？」

「ううん、知らない」

ほのかが心配そうにわたしの顔をのぞきこんだ。

「ね、だいじょうぶ？」

「…………」

さすがのわたしでも、うん、とは返せなかった。

「席ついてー」

のんき気な声で米《こめ》ティが教室に入ってきたので、とりあえずわたしたちは自分の席に戻《もど》った。

なんにも知らない米ティは、いつものようにさくさくとホームルームをはじめる。

「今日から二学期ということで、さっそくだけど十一月の文化祭でやるクラスの出し物を決めてくれないか。今週中に提出せにゃならんのだ」

米ティの言葉に、みんながざわつき出した。

「文化祭って、十一月のいつだっけ？」

「頭じゃなかった？」

「えー、そのあたり大会があるんだけど」

「うちもー」

急に運動部のトーンが下がる。

「クラスの出し物って、たとえばどんなの？」

「舞台《ぶたい》発表か制作・展示、それか出店だって」

「だっるーう」

文化祭なんてどうでもいい。

だれが〈NOFACE〉？　机にひじをついて頭を抱《かか》えたまま、こっそりクラスメイトたちの顔をぬすみ見た。

だれかがわたしをからかっているのか。それとも、知らないうちに、だれかの恨《うら》みを買ってしまったのか……。全然わからない。心当たりもまるでなし。

わたしの秘密がばれてしまった。土足でわたしの秘密基地を荒《あ》らされた。

なにが〈NOFACE〉だ。顔を見せやがれ。絶対、絶対、許さないんだから！

莉愛……。

莉愛は、うしろの席で頬《ほお》づえをついて窓のむこうを眺《なが》めている。このこと、知っているんだろうか。このままじゃ、莉愛がラップ教室に通っていることだってばれてしまうかもしれない。ごめん、莉愛。わたしのせいで。とにかくどうにかしないと……。

そのとき、さっきの男子が手をあげた。

「はい！　ていあーん。舞台《ぶたい》発表で、大城さんのダンスがいいと思いまーす」

「な、な、」

イスからずっこけそうになった。みんながいっせいにこっちを見る。

「大城さん、ダンス習ってるらしいんで、大城さんが中心になって、ぱぱーっと振《ふ》り付《つ》けしてもらって、ちゃちゃーっと練習して、みんなで踊《おど》ればよくない？」

「え、なに、大城さんってダンスやってるの？」

「グループチャット見てないの？　今朝、画像見てびっくりしちゃった」

「すごーい、意外かも」

みんなが好奇心《こうきしん》いっぱいの目でこっちをちらちら見ながら、勝手なことを言っている。顔から火が噴《ふ》き出《で》そうだ。

「いいじゃん、ダンス。大城さんってたしか帰宅部だし、ひまだろ？　運動部はその時期忙《いそが》しくってさー。悪い！　てきとうにひまなやつ集めて、練習してもらったらだめかな？　おれらは当日、周りでがんがん盛り上げるからさ？　な！　リーダー、頼《たの》む！」

リーダーって、わたしが？　しかも、ダンスってなにさ⁉　自分たちがめんどうだからって、好き勝手に話を進めやがって〜。

みんなが期待のこもった目でこっちを見つめている。……この空気、かなりまずい。ここで断れば、このあとの出し物決めの雰囲気《ふんいき》は気まずくなるに決まってる。けど、けど！　そうだとしても、文化祭でわたしが中心になってダンスするだなんて、そんなことできるわけないじゃん。「気のいい萌々《もも》」にダンスも、リーダー的資質も、プログラムされてないんだってば〜！

「ってことで、我らが二組の出し物は、大城リーダーのもとダンスにけって……」

「ちょっと待てーい！　わたしがやってるのは、ダンスじゃなくてラップ！」

あわてて立ち上がって、気がつけばさけんでいた。

「ラップ⁉」

「まじ？　すごくない？」

やば。さっきよりもさらに大きなどよめきが起こっている。火に油を注いでどうするよ、わたし。

「ちょっとやってみせてよ」

「見たい、見たーい」

「いいかげんにしなよ」

アキちゃんが立ち上がった。

「そうだぞ。やりたくないものをだれかひとりに押《お》し付《つ》けるなんてのは、認められない。べつのものを考えなさい」

めずらしく米ティが腕組《うでぐ》みをして、みんなのことをたしなめている。

「ヘイ、YO！　ラッパー大城、カモン、カモ〜ン♪」

野球部のお調子者が立ち上がって煽《あお》ってくる。どっと笑いが起こる。「やめなよ」と声をかけたり、心配そうにこっちを見てくれたりする子もいるけれど、この盛り上がりにかなうはずがない。このままだまっていれば、せっかくここまでつくり上げてきたノリのいいわたしのイメージまでだいなしになってしまう。

しかたない。こんなときこそ、笑われる前に笑わせろ、だ。いまこそ発動せよ、「気のいい萌々」。

ええい、と半ば投げやりにわたしは立ち上がった。

「もう、しかたないなあ。それじゃ、見せてあげますYO！　ラッパー萌々の今回限りのこの姿、お前らその目に焼き付けろっ、チェケラ☆」

いかにもラッパー風におどけて指を突《つ》き出《だ》してみせると、教室はもう爆笑《ばくしょう》の渦《うず》だ。「さすが大城！　ノリよすぎでしょ」「まじうける」「大城さんって、こんなにおもしろい人だったんだー」なんて、みんなが口々に言っている。

はー、ひとまず切《き》り抜《ぬ》けた。そう思ったそのときだった。

教室のうしろから、バン！　とけたたましい音がして、みんながいっせいに振《ふ》り向《む》くと、莉愛が机に思いきり教科書をたたきつけていた。

あまりの迫力《はくりょく》に、さっきまで騒《さわ》がしかった教室がしずまり返っている。

「ばっかみたい」

それだけ言うと、莉愛は教室を出ていってしまった。

「なにあれ。感じ悪」

「こっわ」

そんな中、高原《たかはら》さんがみんなに聞こえるように言った。

「〈NOFACE〉ってさ、あの子だったりしてー」

「たしかに。大城さんが目立つのが気にくわないんじゃない？　あ、ほら。大城さん、由快《ゆかい》くんと仲いいから」

「なにそれ。性格悪すぎでしょ」

莉愛がそんなことするわけないじゃん。

そう声に出してさけびたかった。でも、そんなことを言ったら、今度はわたしたちのつながりがばれて、莉愛がラップしていることまで知られてしまうかもしれない。それだけは避《さ》けないと。

「おい、本題に戻《もど》すぞー」と米ティがやんわり注意して、ようやく話題は文化祭に戻る。

「大城さ、さっきのおもしろかったから、今回限りなんて言わずに文化祭でやろうよー」

さっきの男子が猫《ねこ》なで声《ごえ》を出してこっちを見る。

まだ言うか。

さて、どうやって逃《に》げ切《き》ろうかとげんなりしていると、それまでだまって聞いていた由快が立ち上がった。

「ばーか。タロはちっちゃいころから習いごとがつづいたことないの。スイミングにピアノだろ？　あ、あとそろばんも！　今回のラップだって、文化祭当日までつづくかどうかもあやしいって」

「まじかー」

「でも、なんかわかるわ。大城さん、そんな感じ」

みんながどっと笑う。

由快のやつ～！　わたしの挫《ざ》折《せつ》の歴史を勝手に公開しやがって。

「ももち、ももち、落ち着いて。蒸気機関車みたいになってるから」

ななめ前の席のアキちゃんが、どー、どー、とこっちにてのひらを向けている。

「まじまじ。それよりなんか楽しいことしようよ。動画制作とか、おれ、一度やってみたかったんだよね」

「えー？　手間がかかりそうじゃない？」

「そう？　みんなＳＮＳにダンスのショート動画上げたりしてるじゃん。ああいうノリでさ」

由快が言うと、みんながうーん、と考《かんが》え込《こ》んだ。

「動画制作かあ。まあ、言われてみれば楽しそうかも」

「うん、楽しそう！　ショート動画くらいなら、時間を見つけてそれぞれで撮《と》ればいいし、それをつなぎ合わせて音楽をつければ、なんとなくかっこうはつくと思う！　わたし、けっこうパソコン得意だし、そういう作業ならまかせて！」

それまで文化祭になんて興味なさそうにしていた高原さんが、勢いづいてのっかってくる。……由快効果、おそるべし。

「それならさ、テーマは学校のＰＲとかどうかな？　保護者以外にも外部からのお客さんもいるわけだし。陽向中《ようこうちゅう》のいいところ集めました、みたいな感じでさ」

「それいいかも。ＢＧＭは校歌にして……」

由快の言葉をきっかけに世論が動き出した。

癪《しゃく》だけど、結果的に由快に助け舟《たすぶね》を出されたかたちで出し物が決定して、わたしはひとり、ほっと胸をなでおろした。

こうして、長い、長いホームルームが終わった。


チャイムが鳴ると同時に教室を出た。

莉愛、怒《おこ》ってる。探さないと。

ラップをしていることはふたりだけの秘密だったのに、わたしがばらしちゃったから。

でも、しかたなかった。ああするしか、あの場をおさめる方法がなかったんだもん。

「莉愛？」

外階段につづくアルミのドアを押《お》し開《あ》けると、莉愛は踊《おど》り場《ば》に座《すわ》り込《こ》んでいた。フードを深くかぶって、顔がよく見えない。

「ごめん。ラップのことばれちゃって。でも、莉愛のことはまだばれてないし、わたしももっと行動には気をつけるからさ」

「ちがう」

「え？」

「ばれたとか、どうでもいい。そういうことじゃない」

「それじゃあ」

なにに怒《おこ》っているの？

すると、莉愛が立ち上がって、わたしをにらみつけた。これまで見たことのない強烈《きょうれつ》な怒《いか》りのまなざしに、どきっとして口をつぐむ。

「さっきのあれ、なに？　心底あんたを軽蔑《けいべつ》した。あんなふうにラップで笑い物になって。あんたにとって、ヒップホップって、ラップって、そんなものだったの？　ばかにしないでよ。舞さんにも、真剣《しんけん》にやってるみんなにも失礼だよ。もうあんたとはいっしょにやれない。二度とスタジオに来るな！」

そう言うと、莉愛はドアを乱暴に開けて立ち去った。

教室でおもしろおかしくヒップホップのポーズをとった自分の姿が頭をよぎる。……怒って当然だ。わたしは、自分を守るために、自分が傷つくのを防ぐために、ヒップホップをばかにした。みんなにわざと笑われた。自分のことしか考えてなかったんだ。

教室に戻《もど》ると、アキちゃんたちがかけよってきた。

「びっくりしたよー。ラップを習ってるなんて、ももち、ひとことも言わなかったじゃない」

「なんか恥《は》ずかしくて……。いままでだまってて、ごめん」

「べつに、あやまることじゃないよ」

ほのかがやわらかい声で言う。となりで茉奈がだまって聞いている。

すると、アキちゃんがあっけらかんと言った。

「でも、いいねー、ラップ！　ももちって感じ！」

「……そう？」

「うん！　今度なにか発表会とかあったら呼んでよ～。絶対見に行くからさ！　ももちらしいラップ、楽しみにしてるよーん」

そう言って、一点の曇《くも》りもない笑顔《えがお》でアキちゃんが笑った。

ようやく放課後がやってきた。なんだかもうくたくたで、おもしをのせた体を引きずっているみたいに帰り道の足取りは重い。

莉愛のこと、ラップ教室のこと、いったいどうしたらいいんだろう。

それに、アキちゃんの言葉がずっと胸につっかえていて、のどにささった魚の小骨みたいにどうにも気になってしかたがない。

アキちゃんの言う「ももちらしい」って、どんなだろう。いつも明るくふるまっているわたし？　なんでも笑いに変えちゃうわたし？　わたしらしいラップって、どんなの？

リリックノートに書いてある言葉たちの中に、アキちゃんのいう「ももちらしいラップ」は、きっとない。

「あ、ノート！」

あわてて立ち止まって、カバンの中を探した。

ない。ない。ノートがない！

道端《みちばた》でもかまわずに、その場にしゃがんでカバンをひっくり返してみる。やっぱりない。

机の中に置き忘れてきてしまったんだ。

うちはもうすぐそこだ。九月といっても炎天下《えんてんか》、制服が汗《あせ》でべたっと体に張り付いている。頭のてっぺんで目玉焼きが焼けるんじゃないかって思うほど暑い。日焼け止めをぬり直すのもめんどうだし、もう明日でいいか……？　とも思ったけれど、あのノートには、わたしの頭の中も心の中も、すべてが書き出されている。あんなもの、万が一にもだれかに見られたら、恥《は》ずかしすぎてもう生きていけない！

「うっわ、もう、ほんっとに最悪……」

はああ、と体の奥底《おくそこ》からため息が出た。カバンの中身を急いで詰《つ》め直《なお》して、学校に引き返すことにした。

五百ミリペットボトル一本分のサイダーをすっからかんにして、ようやく学校にたどりついた。さっきまでは生徒でごったがえしていた放課後の校舎は、しずまり返っている。グラウンドからは運動部のかけ声が、専科棟《せんかとう》からは吹奏楽部《すいそうがくぶ》のチューニングのやや外れたトランペットのまぬけな音が聞こえてくる。

玄関《げんかん》から校舎の中に入って階段を上がり廊下《ろうか》を歩いていくと、教室から話し声が聞こえてきた。

中をのぞいてみると、わたしの席のそばで茉奈と由快が向かい合って立っている。

「あれ？　ふたりとも、まだ残ってたの？」

ふたりは一瞬《いっしゅん》、目を見開いてこっちを見たけれど、茉奈はすぐにうつむいて顔を背《そむ》けた。

……あ。なんか、まずいタイミングだったかも。

「茉奈、どうかした？　ちょっと由快～。あんた、もしかして、茉奈になにかへんなこと言ったんじゃ」

「それ」

由快が視線をやった先を見て、目を疑った。

机の上にびりびりに引《ひ》き裂《さ》かれたノートの残骸《ざんがい》がある。この水玉もよう――わたしのリックノートじゃないか。

「え、これって、どういう」

頭が真っ白になってノートとふたりを交互《こうご》に見つめていると、由快がため息まじりに口を開いた。

「米ティに用事を頼《たの》まれて来たら、こいつがそのノートをやぶいてた」

「まさか」

「〈ＮＯＦＡＣＥ〉って、お前なんだろ」

そう言って、由快がにらむ。茉奈は目をふせたまま、ぴくりとも動かない。

「そんなの、うそだよね？　茉奈がやるわけない。ちがうって言って。ねえ！」

思わずかけよって肩《かた》をゆさぶると、茉奈がわたしの手をふりはらった。

驚《おどろ》いて立ちすくんでいるわたしに、震《ふる》える声で言った。

「ずるい」

「え？」

「ももちは、ずるい」

「ずるいって、なにが……」

「だって、なんの努力もしてないじゃん！　幼なじみってだけで、由快くんにかまわれてる」

「は？　由快？　ちょっと待って。なんの話？」

状況《じょうきょう》が飲《の》み込《こ》めない。

由快もどうしてここで自分の名前が出てくるのかわからなくて、困惑《こんわく》している。

そんな中、茉奈は涙《なみだ》をいっぱいためた目でわたしをにらみつけた。

「わたし、由快くんのことがずっと好きだった」

「へ？」

由快が目をぱちくりさせている。

ええっと、つまり、茉奈は由快が好きで、幼なじみのわたしにやきもちをやいてたってこと？　やきもちをやくような、恋愛《れんあい》対象になんかまるでなりえないわたしに？　それで、嫉《しっ》妬《と》してこんなことをしたってわけ？　友だちなのに？

ふと、あることが頭によぎる。

「もしかして……、もしかしてさ、あの牛の絵って」

「わたしが描《か》いたの」

「うそでしょ⁉　どうしてそんなこと……」

「どうしてって、わからない？　わたしが、ずっとどんな思いでいたか」

「ちょっと待って。だから、前から言ってるけど、わたしたちはただ家がとなりってだけでなんでもないってば」

「なんでもないわけないよ。たとえももちがそう思っていても、ふたりが特別だってこと、見ててわかる。家がとなりで幼なじみ？　おまけに誕生日までいっしょだなんて、そんなのもう、勝てっこないじゃん！」

「そんなくだらない理由で、こんなことできるのかよ。最低だな」

由快が口をはさむと、

「くだらなくなんかない!」

真っ赤な目で、茉奈が由快をにらみつけた。

「由快くん、手紙の返事くれなかったじゃない。修学旅行のとき。あの手紙、新垣《あらかき》さんから渡《わた》されたんでしょ? わたし、落としたのに気がついて戻《もど》ったら、由快くん、ちゃんと受け取っていたじゃない」

「え? 手紙? ……あー」

「修学旅行の手紙って……、もしかして」

莉愛が拾って渡したっていう、あの手紙のこと?

あれって、茉奈が書いたものだったの? それで莉愛は親切に拾って渡しただけなのに高原さんたちに抜《ぬ》けがけして由快に告ったんだってかんちがいされて、いまでも敵認定《てきにんてい》されている。それだけでもひどい話なのに、今回の〈NOFACE〉のことまで莉愛がみんなに疑われている。なんだよ、それ。

「ごめん、読んでない。ほかの女子からもたくさんもらって、どれも読んでない。からかわれてると思ったんだ。おれ、女子のああいうノリ、苦手でさ」

由快が気まずそうに答える。

「わたし、真剣《しんけん》だった。あの手紙だって、すごいがんばって書いたんだよ。でも、由快くん、だれとも付き合わないからいいやって思ってた。気づいてる？　由快くん、わたしの顔を今日まで一度も見たことなかったよ。だから、必死で努力して、かわいくなろうって。いつか、見てもらえたらって。でも、由快くん、ももちのことばっか見てるじゃん。ももちは、ちっとも努力してないのに、なんで？　これのどこがずるくないの？」

「ちょっと待って。茉奈、なにかかんちがいしてる。こいつはわたしを女子と認識《にんしき》していないだけ。わたしに特別な感情を抱《いだ》くわけない。だって、こんな見た目なんだよ？　ありえないでしょ」

「ももちのそういうとこ、大《だい》っ嫌《きら》い」

「え」

茉奈が吐《は》き捨《す》てるように言った。

「そうやって自分をサゲて周りに安心感を与《あた》えておいて、結局はうまいことやれてるじゃない。前に言ったよね？　あんなことするやつなんか、よほど満たされていないやつだって、逆にかわいそうだって。そのとおりだよ。ももちとちがって、わたしにはなにもない。アキちゃんみたいにスタイルもよくないし、ほのかみたいにかわいくもない。ももちだって、いつもアキちゃんやほのかのことばっかほめるじゃん。そのたびにわたしは、ほめどころのないだめなやつだって言われてる気がしてた。だれもわたしを見ていない。みんながわたしを素通《すどお》りする。わたしは、透明《とうめい》人間じゃない。透明人間になんか、なりたくないよ」

茉奈の目から涙《なみだ》があふれて、ぽたぽたと床《ゆか》に落ちる。わたしも由快も、だまってそれを見ていることしかできなかった。

「わたし、ももちのことずっとうらやましかった。努力してるのはわたしのほうなのに、なんでそっちのほうがいつだっていい思いをしているの？　それに、今度はラップ？　自分だけ楽しくやろうだなんて、ずるい。少しぐらい傷ついたっていいじゃない。自分だけ幸せにならないで。わたしを置いていかないでよ」

全身から力が抜《ぬ》けていく。腕《うで》をだらりとたらしたまま、嗚咽《おえつ》する茉奈に、できるだけ感情をこめずに言った。

「だから、あんなことしたの？　わたしが傷ついてないって、本気でそう思ってるの？　見た目を気にしていないって？」

「…………」

チャイムの音が、校舎にむなしく鳴《な》り響《ひび》く。わたしたちは、足が床に張り付いてしまったみたいに、そこから動けずにいた。

そのとき、ガラガラとがさつな音をたててドアが開いて、米ティが姿を現した。

「ん？　なんだ、お前たち。まだ残ってたのか。どうした？　なにかあったか」

米ティの間の抜《ぬ》けた声がこだまする。

茉奈がうつむいたままカバンをつかんで教室を飛び出した。

「……だいじょうぶか？」

戸惑《とまど》い顔《がお》の米ティに、わたしも由快もだまりこんだ。


その晩、グループチャットにこんなメッセージが届いた。

NOFACE）ごめんなさい　茉奈

9

「はー。そんなことがあったんだ」

「ううー」

ため息まじりにつぶやくほのかのとなりで、アキちゃんが頭を抱えている。

つぎの日の休み時間、興味津々《きょうみしんしん》で茉奈《まな》のことを聞き出そうとしてくるクラスメイトたちから逃《のが》れるようにして、わたしたちは校舎裏に集まった。そして、昨日あったことをふたりに洗いざらい話した。

「電話も、メッセージもだめ。返事なし」

「朝、茉奈んちに寄ってきたけど、お母さんが出て、今日は体調が悪いから休むって言われた。もしかしたら、しばらく休むかもって」

「そっか……」

ゆうべの茉奈のメッセージのあとから、グループチャットは大騒《おおさわ》ぎだ。

女の友情コエエェェエエ！

友だちのふりしてこんなことするとか、ヤバすぎ
いちばんこういうことしなそうなやつがやるとホラーだな
見るにたえない言葉たち。茉奈は、いったいどんな思いでこれを読んでいるんだろう。

「だいじょうぶかな」

わたしがぽつりと言うと、アキちゃんとほのかが驚《おどろ》いた顔でこっちを見た。

「なに、もしかして茉奈の心配してんの？　お人よしがすぎるって。そんなの、あの子が悪いんだから反省させときゃいいんだよ。本人もこうなることは承知のうえで、こうやって告白してるんだから」

「そう、そう。ももちは怒《おこ》ってればいいの。あの子がやったこと、ほんと最低だもん。だいじょうぶだよ。あの子、あれで案外強いから」

「けど……」

「それより、ももちはだいじょうぶなの？」

口ごもるわたしの顔を、ほのかがのぞきこんでくる。

「わたし？　わたしは……」

茉奈のこと、許せそうもないや。だって、全部、茉奈のせいじゃん。莉愛《りあ》を怒《おこ》らせちゃったし、ラップ教室にももう行けない。昨日からわたしの心は怒《いか》りと悔《くや》しさと悲しさでぐちゃぐちゃで、ちっともだいじょうぶなんかじゃない。

でも、そんなこと言ってどうなる？　アキちゃんとほのかを困らせるだけだ。ほとぼりが冷めたころに茉奈が戻《もど》ってきて、気にしてないよーって笑顔《えがお》で受け入れて、また前と同じ四人に戻れれば、もうそれでいいや。

マスクにそっと手を当てて、いつものように顔の上半分で笑顔をつくってみせた。

「へーき、へーき。わたしのことは、心配しないで」

「うそ」

ほのかがきっぱりと言って、わたしの目をまっすぐ見た。

「こんなことが起きて、平気なわけないいじゃん。ももち、そんなにわたしたちのこと、信用できないの？」

「そういうわけじゃ……」

「ちょっと、ほのかってば」

アキちゃんが困った顔でほのかの肩《かた》に手をかける。でも、ほのかは気にせずつづけた。

「ももちってさ、いつだってそうじゃん。ほんとうに思ってること、わたしたちに話してくれないよね。わたし、ももちといっしょにいて楽しいよ？　でも、なんかずっとごまかされてるみたいな気がしてた」

「ほのか、やめなよ。こんなときに」

「こんなときだから言うんだよ。だいじょうぶじゃないときに、『だいじょうぶじゃない』って言うこともできないわたしたちって、ももちにとってなんなの？」

「ごめ……」

ほのかがため息をつく。

「あやまってほしいわけじゃない。わたしもアキも、気づいてた。ももちがわたしたちに本音を話せていないこと。だって、いっしょにいるんだもん。わかるよ、そんなの。悩《なや》みを打ち明け合うことだけが友情じゃない。きついときに、きついこと忘れて、ただいっしょにいることだって友情だと思う。でも、今回のはちがうじゃん。また自分の気持ち隠《かく》して、平気なふりして、なにもなかったみたいに茉奈のこと迎《むか》え入《い》れるつもり？　茉奈はさ、やり方は最悪だったけど、自分の気持ち、ちゃんとももちに伝えたよね？　そこぼんやりかわして、またやり過ごそうとするの？　それって、残酷《ざんこく》だって思わない？」

「…………」

「わかんないなら、もういい」

ほのかはあきらめたような顔でわたしを見ると、背を向けて校舎に戻《もど》っていった。

「あ、ちょっと、待ってったら！　……あー、わたし、こういうのまじで苦手なんだよね。ももち、ごめん。いま、ほのかも熱くなっちゃってるから、ちょっといったん別行動がいいかもね」

「……うん」

アキちゃんは、申し訳なさそうに手を合わせると、あわててほのかを追いかけていった。

校舎の壁《かべ》に背中をあずけると、日の当たらないコンクリートの壁はひんやりと冷たい。予《よ》鈴《れい》が鳴っている。空は、ばかみたいに青い。

スカートのポケットからスマホを取り出して、見ないようにしていたグループチャットを開いた。画面に指をすべらせて、未読メッセージを追いかける。

これはー、いじめとして学校に相談すべきー
んー、反省してるからこうやって白状したんじゃん?
でも、許せんだろ、これは
いやー、大城《おおしろ》ならキャラ的に笑ってすませそう
たしかにwww
むしろこの件をネタに、ラップしちゃえばよくない?
曲名〈NOFACE《ノーフェイス》〉!!!
そんなのメンタルおばけがすぎるって〜

勝手なことばっか。

萌《も》々《も》)みんな、さいてー

冷たくなった指先で、送信ボタンを押《お》した。

こんな世界、消えてなくなってしまえばいいのに。

けど、これは、自分をネタにして笑わせてきた結果だ。笑われる前に笑わせろ？　そのせいで、友だちもラップも、それに莉愛まで失った。

いちばんさいてーなのって、わたしじゃん。


あんなことが起きてもうすぐ三週間がたとうとしているけれど、茉奈は、あれから一度も学校に来ていない。ほのかとアキちゃんとも気まずいままだ。

莉愛は、相変わらず目も合わせてくれない。

わたしはというと、ラップ教室を無断で休みつづけている。莉愛と通ったスタジオ。舞《まい》さんや、みんながいる場所。あんなに居心地《いごこち》のよかった場所を自分のせいで手放してしまった。わたしは、大ばかものだ。

こうして、わたしはひとりになった。

先週までは、みんなが腫《は》れ物《もの》に触《さわ》るみたいに遠巻きにこっちを眺《なが》めていた。痛々しそうに視線を向けてきた。おもしろそうにこっちを見て、こそこそと話す人たちもいた。そんなクラスメイトたちはもうべつのことに興味がうつったみたいで、わたしは教室で透明《とうめい》人間になりつつある。

こうなることが、ずっと怖《こわ》くて、怖くて、たまらなかった。

こうならないために、これまで必死で努力して、「気のいい萌々」を演じてきたのに。でも、もうどうしようもないんだよ。いちばんなりたくなかった「デブの陰気《いんき》な萌々」に転がり落ちてしまった。もう、どうすることもできない。

ほらね。こんな見た目の人間が、本音なんかさらけ出したら嫌《きら》われる。ほんとうのわたしを受け入れてくれるやさしい場所なんて、この世界にはきっとどこにもない。

暗闇《くらやみ》の中でスマホの画面に触《ふ》れると、二十三時を回っている。疲《つか》れて早めに横になったはずなのに、ちっとも眠《ねむ》れない。近頃《ちかごろ》そんな夜がつづいている。

時間を巻《ま》き戻《もど》せたら――。

ここのところ、起きている間、ずっとそんなことばかり考えている。

どの時点まで戻ればいい？

あんなメッセージを送る前？

それとも、ほのかにだいじょうぶかって、たずねられたとき？

ラッパーの真似《まね》ごとをして、みんなを笑わせたところ？

莉愛と出会わなければ、つらい気持ちになることもなかった？

そもそも、身のほど知らずにラップなんかはじめたことがいけなかったの？

わたし、どこでまちがえた？

……ううん、きっと、もうずっと前からまちがっている。まちがっているのに、気づかないふりをして、ほかの人たちまで巻《ま》き込《こ》んで、傷つけてしまった。恥《は》ずかしい。もう、消えてなくなってしまいたい。

ベッドの上で何度も寝がえりをうっていると、枕元《まくらもと》でスマホが震《ふる》えた。こんな時間にだれだろう。――舞さんだ。

「あ、萌々？　元気ー？」

いつもどおりのからっとした声が聞こえてきた。

壁《かべ》のカレンダーを見る。そっか、今日は月曜日。レッスンを無断で休み続けているから、心配して連絡《れんらく》くれたんだ。ちゃんと言わなくちゃ。

「舞さん、あの、わたし、もうラップ教室には」

「ひよるなよ、萌々。ラップはやろうと思えばどこでもできる。だって、道端《みちばた》ではじまったのがヒップホップなんだから」

舞さんの声が、力強く耳元に響《ひび》く。

「言ったでしょ。人生、変わるよって。ラップはきっと、萌々の武器にも杖《つえ》にもなる。それに、いまなら、『伝えたい想《おも》い』がきっと見つけられるはず。萌々だけのパンチライン、ぶちかましちゃいな！」

そう言い残して、電話は切れた。

しばらくベッドの上で舞さんの言ったことを考えていた。

あの日から、音楽を聴《き》くことをやめていた。もうずっと、わたしの世界は無音だった。

ひさしぶりに音楽アプリを開いて、クイーンBのアルバムを再生してみる。

ハーイ　ガールズ
だいじょうぶだよ
オールライト
すべてうまくいく

あなたの涙《なみだ》を知っている

涙《なみだ》の理由を知っている
わたしはあなた　あなたはわたし

世界中のガールズへ
この世から消え去りたくなったときは
顔を上げて
夜空を見上げて
わたしたちは同じ星を見ている

あなたの涙を知っている
涙の理由を知っている
わたしはあなた　あなたはわたし

だいじょうぶだよ
すべてうまくいく

はじめてクイーンBを聴《き》いたときのことを思い出す。こんなにポジティブな人がいるんだって、心の底から驚《おどろ》いた。わたしもいつか、こうなりたい。明るいところだけを見て、すべて忘れてハッピーに生きていきたいって、そう思ったんだ。

でも、いまならわかる。クイーンBだって、わたしと同じ十代のころはきっと悩《なや》んでいた。もしかしたら、いまだってそうかもしれない。

ポジティブってさ、ネガティブの反対側にあるものじゃなくて、ネガティブを抱《だ》きしめるように存在するものなのかも。ネガティブを知っているからこそ、人はポジティブになれる。夜が暗いほど星の明かりが輝《かがや》くように、心の脆《もろ》さを知っている人は、きっと、だれよりも強い。

ベッドから下りて鏡の前に立つ。

ひとりは、怖《こわ》い。ひとりは、さびしい。

それでも、傷つかないために自分を笑い物にして、心にフタをして生きるのは、もういやだ。

スマホを取って、グループチャットを開く。

数々の見るに耐《た》えない言葉をかきわけて、みんなに送りつけてしまったメッセージにたどりついた。

——みんな、さいてー

あらためて、こんなの、ゲロ以下だ。過去の自分が情けなくて、腹立たしい。それでも、放った矢をなかったことにすることはできない。——できない、けど。

大きく息を吸って、ゆっくり吐《は》く。

机に向かって、引き出しの奥《おく》にしまってあったノートの残骸《ざんがい》を机の上に置いた。ひとつひとつ、ジグソーパズルみたいに合わせながらテープでとめていく。

ぼろぼろでつぎはぎの、わたしのノート。

まるで、いまのわたしみたいだ。

けど、それでいい。ここからはじめよう。

わたしは新しいページを開いてペンを取った。

いままで、見ないふりをしてきたできごと。

ないものにしてきた感情。

わたしの心の内側にあるものすべてを、洗いざらいノートにぶちまけていく。

言葉……、言葉……、言葉……。

言葉が足りない。もっと、あのときの気持ちにぴたっとはまる言葉がないか、探《さぐ》って、潜《もぐ》って、書いては消してをくり返す。何十ページにもわたって、書きつけていく。わたしだけのパンチラインを探して、押《お》し寄《よ》せる感情の波をかきわけて、言葉の海を泳いでいく。

できあがったリリックを読み返し終えたあと、わたしはノートを抱《だ》きしめた。

これが、いまのわたしの全部。

わたしはいま、はじめてわたしになれた気がする。

10

「はじめるよー」

だれかの声で、みんながいっせいに席についた。

気づけば文化祭は明日にせまっている。暗くなった教室にスクリーンが照らし出されて、完成した動画の試写会がはじまった。校歌のイントロが流れて、〈陽向中《ようこうちゅう》のいいところ集めました！〉のタイトルが華《はな》やかに映し出されると、みんなが「おお〜」と声を上げげた。盛り上がるクラスメイトたちをよそに、わたしはひとり席でノートとにらめっこをしている。

ひとりでもラップをつづけることに決めてからの一か月、毎日夢中になって練習した。

毎晩、鏡に向かってラップする。動画に撮《と》ってチェックすることもある。はじめは気恥《きは》ずかしさもあったけど、もういまはすっかりなくなった。

それより、もっとうまくなりたい。どうしたらいい？

練習して、調べて、考えて、研究して、試《ため》してのくり返し。寝《ね》ている時間以外のすべてをラップに費《つい》やしている。べつにだれに聴《き》かせるわけでもない。それでも、ラップがしたい。ラップをせずにいられない。

どっと笑いが起きた。

顔を上げると、スクリーンでは、クラスのお調子者たちが正門の前でおどけたポーズをとっている。

クラスメイトたちは、あの件があってからというもの、わたしに対してやっぱりどこかよそよそしい。あんなメッセージをみんなに送ってしまったんだから、しかたないか。

「大城《おおしろ》さん、キャラ変えたね」って声がときどき耳に入ってくるけど、かまわない。わたしはもう自分を繕《つくろ》うのをやめた。無理に盛り上げることもしない。やめてみてはじめて、「気のいい萌々《もも》」の鎧《よろい》って、こんなに重たかったんだって気がついた。

十分足らずの動画には、学校のいいところについて先生や生徒にインタビューしたり、学校のいろんな場所で踊《おど》ったりと、とにかくみんなのキラキラが詰《つ》まっている。ラスト、グラウンドに集まったみんなが「陽向、サイコー！」とさけんだあと、カメラに向かってわあーっと走ってくる。それで、おしまい。

動画が終わると、教室は拍手《はくしゅ》につつまれた。みんな、あんなに文化祭にうしろ向きだったのに、本番を前にしたらやっぱり〈いい思い出〉をつくりたくなっちゃうものなのかな。

中心になって制作してきた高原《たかはら》さんも、満足そうに笑《え》みをこぼしている。これだけのものを仕上げるのに、相当な時間がかかったと思う。ひとつの作品を作り上げることって、簡単じゃない。わたしにも、いまならわかる。

本番の成功を確信して盛り上がる教室に、ひとつだけぽつんと空いた席がある。でも、だれも気にしない。まるで、最初からだれもいなかったみたいな。

――わたしは、透明《とうめい》人間じゃない。透明人間になんか、なりたくないよ。

茉奈《まな》の声が耳にこびりついている。茉奈、いまごろどうしてるだろう。

ふと、莉愛《りあ》の方を見た。莉愛は相変わらず自分の席で耳にイヤフォンをはめて音楽を聴《き》いている。ラップ、がんばってるのかな。きっとうまくなったんだろうな。ひさしぶりに莉愛のラップが聴《き》きたいよ。もうずいぶん莉愛の声を聴いていない気がする。

そのときだ。

「なにこれ⁉」

教室に高原さんの悲鳴が響《ひび》き渡《わた》った。高原さんがパソコンの前で青ざめている。どうしたとみんながかけよっても、「え、なになに、わけわかんない！」と画面を見つめながらくり返すだけだ。

「こわ。なんのエラー？」

だれかがパソコンをのぞきこんで言った。真っ暗な画面の上で、次々とウィンドウが立ち上がっていく。

「さっきまでふつうに使えてたのに、急にこうなったの！」

「ちょっとかわって」

米《こめ》ティが高原さんにかわってパソコンの前に座《すわ》り、カタカタとキーをたたくけれど、しばらくしてため息をつきながらキーボードから手を離《はな》した。

「再起動も無理か。電源もおとせない。ちなみに、直前の操作ってどんなことしてた？」

「やっぱりラストにエンドロールがあるといいかなと思って、BGM《ビージーエム》用に無料の曲をダウンロードしてたんだけど……」

「もしかして、ついてきたファイルを全部開いたりした？」

「え、うん。ファイル名が英語だったから、よくわかんなくて……」

「それなら、ウィルスかもな」

「ウィルス⁉」「まじ⁉」とみんなが騒ぐ中、へなへなと座《すわ》りこむ高原さんを取り巻きの女子たちが支えている。

「え、ちょっと待ってよ、米ティ。明日までには直るよね？　本番、明日だよ？」

「んー、たぶんこれ、業者を呼ばないとまずいやつだ。ほら、こっちのパソコンもおかしくなってる」

「うわ、ほんとだ。最悪」

どうやら米ティの教師用パソコンも、ほかの生徒用もだめになってしまったらしい。いつものんびりかまえている米ティが、あわてて職員室に電話をかけているのを見て、これはただごとじゃなさそうだとみんなが顔を見合わせた。

「高原さん、データの保存先ってどこ？」

パソコンが得意な女子がたずねる。

「本体のフォルダだけど……」

高原さんの声が震《ふる》えている。

「みんながそれぞれ撮《と》った動画も全部？　クラウドとか、ＵＳＢメモリには保存してないの？」

高原さんがいまにも泣きそうな顔で首を横に振《ふ》ると、うそでしょ、まじかよ、とみんなが口々につぶやいた。

そのとき、重い空気を割るように由快《ゆかい》が口を開いた。

「とにかく、明日、なんとかして時間をうめないと」

「そんなこと言ったって、いまからなにができるわけ？」

他の男子たちがいらいらしながら由快につっかかる。

「あー、やる気なくすわー」

「だれだよ、『パソコン得意だからわたしにまかせて〜』とか言ったやつ」

かわいた笑い声が聞こえる。

高原さんはうつむいたまま、顔を上げない。

ちがう。だめだよ、それじゃ。わたしや茉奈のときといっしょじゃん。

失敗してドロップアウト？　教室は、やり直しのきかないデスゲーム？　ずっとそのくり返しで、だれかが消費されつづけるだけじゃん。

陽向、サイコー？

ふざけんな。

「わたしがやる」

みんながいっせいにこっちを見た。高原さんも不安気に顔を上げる。アキちゃんとほのかがうしろの方で心配そうに見守っているのがわかる。

「やります。舞台《ぶたい》発表」

「え、大城さん、やってくれるの？」

「舞台発表って……。いまから準備して間に合うの？」

戸惑《とまど》うクラスメイトたちを落ち着かせるように、米ティが受話器を置いて言った。

「大城、無理する必要ないぞ。俺《おれ》から事情を説明して、うちのクラスの発表は中止……、いや、日をあらためることだってできるんだから」

「ううん、だいじょうぶ。わたし、やります」

そうきっぱり言うと、ほっとしたような、それでいて不安そうなクラスメイトたちをかきわけて、教室のいちばんすみで音楽を聴《き》いている莉愛の前に立った。

そして莉愛の耳からイヤフォンを引《ひ》っこ抜《ぬ》くと、驚《おどろ》いた顔でわたしを見た。

「わたし、明日、ピーチになるから」

それだけ言って、わたしは自分の席に戻《もど》った。

もう後戻りはできない。

本番は、明日だ。


放課後、教室を飛び出して、フルスピードでセミナーハウスに向かった。

スタジオのドアを開けると、舞《まい》さんがいた。

「おー！」とうれしそうに目をまるくする舞さんに、ひさしぶりのあいさつもすっとばして事情を説明してノートを見せる。

リリックを見た舞さんが、少し考えこんでからスマホをいじりはじめた。それから、スピーカーの電源を入れると、スタジオにアップテンポのビートが流れ出した。

「これなら、いけるはず」

要するに、わたしの書いたリリックに合うビートを用意してくれたんだ。

それから、舞さんはバースとフックを書き分けたほうがいいとアドバイスをくれた。バースで自分の想《おも》いをビートにのせて表現し、フックでくり返しそのメッセージを強調する。

フックとバースを意識してリリックを書くことで、相手への伝わり方が全然ちがってくるのだと舞さんは言う。

少し口ずさんでみて、気がついた。ビートがあるのとないのとでは、全然ちがう。フックとバースの書き分けも必要だ。リリックを直さないと。いまから間に合うかな。いや、間に合わせる。大至急!!!

「舞さん、ありがと!」

わたしはセミナーハウスを飛び出した。

本番までの一分一秒、とにかく時間をむだにはしたくない。わたしのすべてをこのラップに注《そそ》ぎ込《こ》むんだ。


その晩、電話をかけた。

十回ほど呼び出し音が鳴って、それから、やっとつながった。電話のむこうはだまったままだ。

「茉奈、聞こえてる? ひさしぶり」

「…………」

出てくれないんじゃないかと思っていたから、少しだけほっとする。

小さく呼吸を整えてから、思いきって口を開いた。

「ずっと気になっていたのに、電話できなくてごめん」

「……めて」

ようやく聞こえた茉奈の声は、ひどくかすれている。

「あやまらないで。全部、わたしが悪いんだから。……ほんとうにばかなことをしたって思ってる。ごめんなさい。最低なことをした。ほんとに、ほんとうに、ごめんなさい。新垣《あらかき》さんにもあやまらなきゃって思ってて、それで……」

しばらくの沈黙《ちんもく》のあと、わたしはできるだけ落ち着いた声で話した。

「ねえ、茉奈。わたし、茉奈のしたこと、許せないと思う。だってすごい傷ついたから。あんなことされて、簡単に許せるほど、わたしはお人よしじゃない」

「うん……」

電話越《ご》しに茉奈の嗚咽《おえつ》が聞こえる。

「それでね、茉奈もさ、わたしのこと、許さなくていいよ」

「え？」

「わたし、自分のことに必死で、世界中で自分だけが悩《なや》んでいるような気になってた。自分が傷つきたくないからって、自分の気持ちを隠《かく》して、たくさんうそついて、そのせいでいろんな人を傷つけた。頭の中は自分のことでいっぱいで、茉奈が悩んでいたことも気づかなかった。いい友だちじゃなかったと思う。だから、わたしもごめんなんだよ」

「ももち……」

「わたしたちさ、お互《たが》いのことをもっと知るべきなんじゃないかな。時間をかけて、わたしは茉奈のこと、もっとちゃんと知りたいし、自分のことだって知ってほしいと思ってる」

「わたしも……、ももちと、もっと話したい」

――わたし、大城さんともっと話したいな。うちらのグループにおいでよ。

入学式の日も、茉奈は軽《かろ》やかにそう言った。

あれから、わたしたちはあちこちボタンをかけちがえてしまったけれど、またこれからひとつずつかけ直していけばいい。だいじょうぶ。わたしたちには、時間がたくさんあるんだから。

それからね、とわたしは切り出した。

「由快のことは、わたしにはどうすることもできないよ。茉奈の気持ちについては由快が考えることだと思うし。それに、茉奈に遠慮《えんりょ》して由快とのかかわり方を変えるつもりもない。あいつとの関係も、わたしにとってはけっこう大切なものだと思うから」

「うん、わかってる。ももち、正直に話してくれてありがとう」

茉奈の声がやわらかく耳に響《ひび》いた。

「ねえ、茉奈。明日、一日だけでいいから、学校に来られない？」

「学校……」

「見に来てほしいんだ。文化祭。わたし、ラップするの。みんなの前で。茉奈に見に来てほしい」

「でも……」

茉奈にとって、クラスメイトたちのいる空間に戻《もど》ることがどんなにきついことか、わかってる。でも、仕切り直すなら、ふたりいっしょのほうが心強いはずだから。

「開演は、明日の午後二時ちょうど。待ってるね」

そう言って、電話を切った。


舞さんが用意してくれたビートに合わせてリリックを書き直して、練習して、また書き直して……とくり返していううちに、結局、そのまま朝を迎《むか》えてしまった。

いてもたってもいられなくて、いつもよりとびきり早く家を出て、まだ薄暗《うすぐら》い通りを歩いていると、ジョギングから戻《もど》ってきた由快とでくわした。

もうずっとまともに会話していない気がする。このまま、ずるずると無視しつづけるのもよくないよね。

すれちがいざまに顔を上げて、「おはよ」と言ってみた。すると、由快は目をまるくして、「あ、およ、おはよ」と挙動不審《ふしん》に頭を下げる。思わず吹《ふ》き出《だ》すわたしに、「なんだよ」と由快が口をとがらせている。

「じゃあね」と言って歩き出そうとすると「あのさ、」と由快が引き留めた。

「前に言ってた、『タロらしさ』を押《お》しつけるなって話なんだけど」

「あー……」

由快の汗《あせ》がひたいからつうーっと首すじに向かって落ちていく。

「そんなこと言ったっけ」

「言ったよ。あれから、おれ、ずっとそのこと考えてたんだから」

「ずっと」

こんなやつでも、考えごとなんかするんだ、意外。まじまじと由快の顔を眺《なが》めていると、由快は「なんだよ」と照《て》れくさそうにしながらも、いつになく真剣《しんけん》な表情で口を開いた。

「おれたち、タロが那覇《なは》に引《ひ》っ越《こ》すまではずっといっしょだったよな。おれのことといちばんわかってるのって、親よりもタロで。おれだって、タロにとってそういう存在なんだって、自信があったんだ。小学校がちがったって関係ない、タロは変わらないはずだって決めつけてたんだと思う。おれさ、タロがこっちに戻《もど》ってきてくれて、すっごいうれしかったんだよ。けど、はじめて同じクラスになって、おれの知らない一面があるって知って、なんかショックでさ。ひとりでむかついてた。勝手だよな。ごめん」

「いや、いいけど。わたしだって、自分のこと決めつけてたし」

見た目がこんなんだから「気のいい萌々」でいなきゃって、もうずっと自分をがんじがらめにしてきた。

「タロに『あんた目線のわたしらしさを勝手に押《お》しつけんなよ！』って言われたとき、おれに見えてるタロだけがタロじゃないんだなって、ようやく気がついたんだよね。自虐《じぎゃく》で笑いをとるのとか、ラップをやってることとか、放課後、教室であの子に言った言葉、タロが悩《なや》んでること――。な～んだ、おれ、タロのこと全然知らないじゃんーって、正直、さみしくもなった。でもさ、おれの勝手な『タロらしさ』を手放したら、タロのこと、前よりずっとよく見えるようになったんだ。それで、前よりもっと知りたくなった。おれ、いま、わくわくしてる。タロのことで知らないことがまだまだたくさんあるんだってわかって、おれはうれしい」

もっと知りたくなったとか、わくわくするとか、うれしいとか。

あまりにもまっすぐな言葉たちをどう受け取ったらいいのかと持て余しているわたしに、由快はつづけた。

「らしいとか、らしくないとか、関係ない。どんなタロでも、タロはタロだよ」

「どんなわたしでも……、わたしは、わたし？」

「うん。だからさ、タロも、自分が思うタロらしさを超《こ》えていけよ」

のびやかな由快の声が、朝の澄《す》んだ空気にとけていく。

「あ、そこでちょっと待ってて」

とつぜん、由快はなにか思い出したようにそう言うと、家の方へ走っていった。それから、しばらくして紙袋《かみぶくろ》を抱《かか》えて戻《もど》ってきた。

「カバン開けて」

「え？　なんで」

「いいから」

言われるがままに開けると、由快は紙袋《かみぶくろ》の中身をざざーっとわたしのカバンに移した。たくさんの小さなピンクの袋たち。桃飴《ももあめ》だ！　子どものころ、仲直りのしるしにいつもあげたっけ。

「うっわ、うそでしょ、これ、まだ売ってるの？　超《ちょう》なつかしいんだけど！　てか、こんなに大量、ウケる！」

わたしが笑うと、由快はさも満足そうに胸をはった。

「すごいだろ。ありとあらゆるお店でかき集めてきたのだ。これは、おれの気持ちだー！」

「はあ？　よくわかんないけど、ありがとよ」

すると、由快はちょっとだけまじめな顔に戻《もど》って言った。

「タロさ、今日、ラップするんだよな？」

「うん。するよ」

「そっか。前みたいに、笑わせようとするなよ」

「ん。わかってる」

じゃ、と手をひらひらさせて、由快は走って行ってしまった。

「ふふ。意味わかんない。なんだあいつ」

桃飴《ももあめ》をひとつ取って袋《ふくろ》を開けると、桃のかたちをしたピンク色のキャンディが出てきた。それを口にぽいっと放《ほう》り込《こ》むと、桃の香りが口いっぱいに広がっていく。

どんなわたしでも、わたしはわたし、か。

迷ったり、立ち止まったり、ばかやったりしながら、いろんなわたしに出会えばいい。自分自身を「わたしらしさ」でひとつにくくる必要なんてないんだ。

人から決めつけられたわたしらしさも、自分で自分をしばりつけるわたしらしさも、どっちもいらない。そんなわたしらしさなんか、この手で突破《とっぱ》してやる。きっとその先に、無限の世界が広がっているはずだから。

桃飴を舌の上でころころ転がしながら顔を上げると、うすい雲のむこうがわから朝日がこちらをのぞいているのが見えた。

いよいよ、今日がはじまる。

今日、わたしは「大城萌々」を再起動する。

だいじょうぶ。きっとうまくいく。

11

観客席を見て、わたしはひとり凍《こお》りついていた。

どっからどう見ても満員御礼《おんれい》。体育館には、全校生徒と参観に来た保護者、校外からの参加者がひしめいている。

ラップをするって言い出したのは自分だけど、こんなにたくさんの人の前でとなるとさ。急に緊張《きんちょう》が押《お》し寄《よ》せて、口を閉じてなきゃ内臓が全部飛び出してしまいそうだ。

そのとき、後方の保護者席に見覚えのあるワンピースを見つけて、わたしは思わずかけよった。

「ママ!? ちょっと、なにしてんの!?」

「なにって、萌々《もも》の晴れ姿を観《み》に来たに決まってるじゃない」

うっわ、最悪。ママは、わたしがラップをすることなんか知らない。もちろん、ラップ教室に通っていたことだって……。あれ、ちょっと、待って。じゃあ、なんでここにいるの？

「あ、萌々ママ、はっけーん」

聞き覚えがある声に振《ふ》り向《む》いて、わたしは目ん玉をひんむいた。

「舞《まい》さん、こっち、こっち」

ママがとなりのイスに置いていたカバンをよけて、舞さんを呼んでいる。

え、なに、どゆこと⁉　ふたりの顔を交互《こうご》に見比べていると、ママがあきれたように笑いながらため息をついた。

「知ってた」

「え？」

「あなたがラップ教室に通っていること」

「は？　え？　知ってたって、え⁉」

驚《おどろ》きすぎて、つづく言葉が出ない。すると、席についた舞さんが笑ってことのてんまつを教えてくれた。

「萌々の出した申込書《もうしこみしょ》、不備があったんだよ。それで家に電話したら、萌々ママびっくり仰《ぎょう》天《てん》してたけど」

「そうなの!?　それじゃ、ずっと知って……」

ママは、あきれたようにうなずいた。

「最初はさすがに驚《おどろ》いたわよ。ヒップホップだなんて全然知らないし……。でも、舞さんに会って、話して、信頼《しんらい》できる方だってわかったから。なにか言って、萌々のやる気をそぎたくもなかったし」

「そう、だったんだ……」

なんだか納得《なっとく》いかない。結局、おとなのてのひらの上で転がされていたってことなのか。

ぶすっとつっ立っていると、ママが口を開いた。

「萌々にさ、『ママを安心させるために生きてるんじゃない』って言われて、けっこうこたえたよ。そんなつもりなかったのに、そう感じさせてたんだーって。やっぱ、母親としてはさ、娘《むすめ》には傷ついてほしくないじゃない。自分と同じ道をたどってほしくなくて、つい口出ししすぎていたのかもしれない。ごめん。でも、ママにはママの人生があるし、萌々には萌々の人生があるんだもんね。萌々は、自分がこうだと思う道を進んだらいい。もちろん、成人するまでは口をはさむこともあるかもしれないけど、基本はそう思ってるってことは、わかっててほしい」

「うん……。わかった」

ママが眉《まゆ》を下げて、ふっとほほえんだ。

「早く行きなさい。もうすぐ出番でしょ」

「うん」

「萌々、がんばれー！」

舞さんがばかでかい声を出すもんだから、周りの人たちが驚《おどろ》いてこっちをじろじろ見ている。ママと舞さんに大きくうなずいて、わたしは舞台《ぶたい》に向かって走り出した。

「会場の皆《みな》さん、お集まりいただきありがとうございます。これより、陽向《ようこう》中学校文化祭、舞台発表の部をはじめます！」

アナウンスが流れて、会場が拍手《はくしゅ》に包まれた。

いよいよ、一組目の発表がはじまった。プログラム一番は、一年一組の合唱だ。舞台横のスタンバイエリアで自分の出番を待つ。わたしの出番まで、あと三つ。

彼《かれ》らは、壮大《そうだい》に「大地讃頌《さんしょう》」を歌い上げた。職員席と来賓席《らいひんせき》から校長先生はじめ、ＰＴＡ会長、議員さんなどお偉《えら》い方々《がたがた》が、一年生に拍手を送っている。母なる大地への賛歌のあとに、わたしのラップなんて披露《ひろう》してもよいのだろうか……。ええい、この期《ご》に及《およ》んで気弱になるな、萌々。もう後もどりできないんだから。

つぎは、一年三組の男子コンビによる漫才《まんざい》だ。ややウケといった具合だけれど、その勇気には拍手《はくしゅ》を送りたい。

おそろいの衣装に身をつつんだ一年五組の女の子たちがK《ケー》‐POP《ポップ》のダンスをはじめたとき、係の子がやってきた。

「二年二組の大城《おおしろ》さん、スタンバイお願いします」

「は、はいぃっ」

声がうわずる。こんなんで、だいじょうぶか、わたし⁉

あたふたと舞台袖《ぶたいそで》に移動する。ああ、緊張《きんちょう》する！　女の子たちがかろやかに踊《おど》る中、カーテンのすき間から会場をのぞいてみた。出入り口のところに見覚えのある制服姿を見つけて、思わず息をのんだ。

茉奈《まな》、来てくれたんだ。

茉奈は、緊張した面持《おもも》ちで柱のかげにひっそりと立っている。そのそばにアキちゃんとほのかがついてくれている。昨日、茉奈を迎《むか》えに行ってほしいとお願いした。ふたりがわたしに気がついて、ゆっくりとうなずいた。

茉奈……。きっと、今日こうしてここへ来ること、すごく勇気がいったと思う。それなのに、呼び出したわたしが弱気になってちゃ、全然だめだ。わたしは、わたしのステージをまっとうしなくっちゃ。

ダンスが終わって大盛り上がりの中、女の子たちが舞台《ぶたい》からはけていく。

「プログラム四番、二年二組の発表は内容が変更《へんこう》になりました。大城萌々さんによるヒップホップ・ラップです」

アナウンスの声に、案の定、会場がどよめいた。

「ヒップホップ・ラップだって」

「すっげー、勇気ある」

係の子からマイクを受け取って、わたしは舞台の中央に進み出る。

「え、まじ、あの人がラップ？」

ざわつきの中で、くすくすと笑い声が聞こえてくる。耳まで赤くなっていることが鏡を見なくたってわかる。

後悔《こうかい》の二文字がうっすらと頭をよぎったそのときだ。ひとりのおばかな男子が立ち上がった。

「タロー、行けー！　見せてやれー！」

声、でか。周りのみんながぶっと吹《ふ》き出《だ》す。

すると、「ももちー！」「ももち、がんばれー！　あんたならやれるー！」とアキちゃんとほのかが力いっぱいに声援《せいえん》を送ってきた。そのとなりで、茉奈も心配そうにこっちを見つめている。

みんなにうなずいて、放送室に目で合図を送る。

真っ白なスポットライトが当たって、まぶしくて、会場のたくさんの顔がぼやけていく。

舞台《ぶたい》の上で、ひとりぼっち。

でも、だいじょうぶ。わたしには、わたしがいる。わたしがわたしを応援《おうえん》する。

そして、マスクを外した。

目を閉じて、大きく息を吸って、マイクをにぎりしめる。

体育館を重低音が流れはじめた。もうその音以外、なにも聞こえなくなった。

のれ、音の波にのれ。

マイクを胸に当てて、体中でビートを感じる。

最初から、かましてやる。

マイクをかまえて、目を開けた。カウント、3《スリー》、2《トゥー》、1《ワン》……。

Yeah!《イェー》　わたしは萌々　a.k.a.《エーケーエー》　Peach《ピーチ》
牛でも餅《もち》でもない　言っとくけれど
レペゼン陽向　隠《かく》せん衝動《しょうどう》
繰《く》り出《だ》す言葉で　皆《みな》、動揺《どうよう》
天から与《あた》えられた声と体で
聴《き》かせるぜ　魅《み》せるぜ　このステージ！

おおっと会場がどよめく。まずは、手始めに自己紹介《しょうかい》から。
緊張《きんちょう》で心臓が口から飛び出てきそうなのをこらえて、マイクを持つ手に力をこめる。

本気と書いて　マジと読む
正気？　と聞いて　首を振《ふ》る
ビビってんな？　疑ってんな？

しょうもねえな　だまってついてきな

集まりなクルー　乗《の》り込《こ》め船へ
後悔《こうかい》しても　引き返せないぜ
覚悟《かくご》を決めろ　荒《あら》ぶる海へ
ピーチとともに　いざ航海！

「イェ、イェ、イェ、イエー!!」と観客席からやたらばかでかいおたけびが聞こえた。こんなん、絶対、舞さんに決まってるし。

それまで、圧倒《あっとう》されている様子で聴《き》いていた生徒たちからも、「おおー！」「いいぞー！」と歓声《かんせい》が上がりはじめた。床《ゆか》に座《すわ》り込《こ》んでいた生徒たちが、つぎつぎに立ち上がる。気がつくと、舞台《ぶたい》のぎりぎりまで観客が押《お》し寄《よ》せていた。

つかみはばっちり。ここまではいい感じに会場をのせることができている。本番は、ここからだ。

まぶたを下ろして耳をすませる。ドラムの音をカウント。3《スリー》、2《トゥー》、1《ワン》、スクラッチ音。それを合図に、かっと目を開いた。

大きめ？　ぽっちゃり？　プラスサイズ？　はあ？
くさるほど言われた「お前、デブ！」
笑われる前に笑わせろ「ハハッ」
知ったら泣くかも？　うちの母

「あなたカワイイ」　慰《なぐさ》めはお悔《く》やみ
「気にするな」　やせてるお前の嫌味《いやみ》
笑うなら笑え　目をそらすならそらせ
これが真実で、これが現実

会場にけたたましく鳴《な》り響《ひび》くビート。みんなが息をのんでわたしを見つめている。いつかみたいに、おもしろおかしくラップすると思ったら大まちがいだ。全力でぶつけてやる。せいぜいよろけないように踏《ふ》ん張《ば》ってろ。3《スリー》、2《トゥー》、1《ワン》。

やせてる？　太ってる？　イケてる？　劣《おと》ってる？
一重？　二重？　ギリ、奥二重《おくぶたえ》でセーフ
あんた何センチ？　何カップ？　その胸
必要なの？　脱毛《だつもう》
それって、地毛？　天然？

だれもが審査員《しんさいん》　繰《く》り出《だ》すジャッジメント
左から順にB、A、C、予選落ち　はい、ざんねーん！
煮《に》えたぎる劣等感《れっとうかん》　つかの間の優越感《ゆうえつかん》
一喜一憂《いっきいちゆう》　It is you!《イットイズユー》

「うそ。なにいまの！」「まじ？　超《ちょう》かっこよくない？」「やば、刺《さ》さった」。どよめきがフロアにあふれかえる。
そりゃそうだろ。舞さん仕込《じこ》みのフロウなんだから。

つぎのフックで決めてやる。
床《ゆか》を軽く蹴《け》り飛《と》ばし、シンバル音とともに着地して、ラストスパートに向かってかけ出した。

美しい　醜《みにく》い　だれが決めた？
作者不明の　詠《よ》み人《びと》知らず
それなのに後世まで　パス&《アンド》パス
めぐりめぐる　責任転嫁《てんか》

美しい　醜い　だれが決めた？
作者不明の　詠み人知らず
それなら　穴掘《ほ》り　捨てろ　埋《う》めろ
いまここに　ルッキズムの墓たてろ！

マイクを持っていないほうの手で思いきり床を指さすと、いままでで最大の歓声《かんせい》がわき起こった。――パンチラインが決まった。

「萌々ー！」

「いいぞー、大城！」

「かっこいい！」

会場のボルテージが上がる。でも、うわついてちゃいられない。わたしには、まだ、やるべきことがある。

上気するのを感じながら、わたしは会場を見渡《みわた》した。彼女《かのじょ》を見つけるのは簡単だ。観衆から すこし離《はな》れた場所にいて、だれよりも力強いまなざしで、フードの下からこっちをにらみつけている。

この一度きりのチャンスをつかめるか。

わたしは彼女に、彼女だけに向かって、マイクをかまえ直した。

これって、デジャヴ？
まだ　だんまりを決めこむつもり？
時がすぎるのを　眺《なが》めるつもり？

あんたの大好きな　クイーンBも泣くね
Turn《ターン》 it《イット》 up《アップ》!　Turn it up!《（盛り上がれ）》　Angry《アングリー》 girl《ガール（怒れる女の子）》!
ほら　ここまで上がってこいよ
Turn it up!　Turn it up!　Angry girl!
ほら　声聴《き》かせてみせろ

莉愛《りあ》が目をまるくして、こっちを見て固まっている。

――そうだよ、莉愛。これは、あなたに捧《ささ》ぐリリック。だから、お願い。よく聴いて、感じ、受け取って、そして、返しに来て！

最後のスクラッチ音のあと、わたしは最後のバースに向かって走り出した。

いつまでもいられない　Good《グッド》 girl《ガール》

それならと演じる　Bad girl《バッドガール》
かたつむりみたいに　目をつむり
一生　その殻《から》に閉じこもってるつもり？

それなら　わたしが壊《こわ》してみせる
あんたのその殻　ぶち抜《ぬ》いてみせる
マイク片手に　ぶっ放す　Ban ban《バンバン》
言葉の弾丸《だんがん》　浴びせるよ　ガンガン

だから出てこい　上がってこい　ここまで
イチか、バチか、運任せ　It's OK.《イッツオーケー》
のるか、そるか、すべては　あんた次第《しだい》
聴《き》かせろよ、ボイス
かませ、パンチライン！

彼女《かのじょ》だけを見ている。

彼女も、わたしだけを見ている。

しずまり返った会場を、ビートだけが流れていく。

わたしは、舞台《ぶたい》の上からマイクを差し出した。

来るか、来ないか、これは、賭《か》けだ。わたしは、ここで、莉愛を待つ。


そのときだ。莉愛がふっと笑った。それから、わたしを思いきりにらみつけて、

「よけーなお世話！」

そう言って、人込《ひとご》みをかきわけて舞台によじ上ってきた。

「莉愛？」

「あの子、なにしてんの？」

ざわつく観客をよそに、莉愛はわたしにかけよると、にやりと笑ってフードを外した。

現れたのは、見事なブレイズ・ヘア。息をのむわたしの手から莉愛がマイクを奪《うば》い取《と》る。

スクラッチ音が雑音をかき乱すように鳴きわめいたのを合図に、莉愛の迫力《はくりょく》のある声が会場をかけめぐった。

さっきからだまって聞いてりゃなに？
殻《から》に閉じこもってる？　ちがう　たてこもってる
くだらない雑音から身を守るために
盾《たて》持って立ってる

リスペクトは　クイーンB
ジャンヌ・ダルク
ハーマイオニーに大坂《おおさか》なおみ
これでわかったろ？
わたしはかよわいプリンセスじゃない
わたしは戦士　隠《かく》してた闘志《とうし》
莉愛　a.k.a.《エーケーエー》　Chocolate《チョコレート》
レペゼン？　知るかっ　教える義理ねえわ

気になってんだろ　この肌《はだ》の色
カカオ何パーセント？　産地はどこ？
Black《ブラック》 & Yellow《イエロー》 の　Half《ハーフ》 & Half
洋菓子《ようがし》と和菓子の　Mix《ミックス》 で Double《ダブル》
試食禁止！　覚悟《かくご》を決めて飲《の》み込《こ》め
ちなみに返品はおことわり
まくしたてる莉愛に、フロアから轟《とどろ》くような歓声《かんせい》がわき起こる。
「莉愛がラップ？　まじ!?」「なにこれ、かっこよすぎでしょ」。みんなの興奮がここまで伝わってくる。
全身の鳥肌《とりはだ》が立った。莉愛ってば、めちゃくちゃうまくなってるじゃん。
同じ場所に立っているはずなのに、莉愛を見上げている気分だ。
圧倒《あっとう》されて眺《なが》めていると、莉愛はまたすぐにマイクをにぎりしめた。

この地で生まれ　この地で育ち
それでも言われる「あんたナニジン?」
「ガイジン!」　つまりよそもの

ハーフ or《オア》 ミックス?
ダブル?　アメラジアン?
なんでもいい　どうでもいい
自分でもわかっちゃいない

聞《き》き飽《あ》きた「英語ペラペラ?」
あんたの脳みそがペラペラ　あざ笑うケラケラ
聞こえよがしの「ハーフだから」「ハーフなのに」
気にしすぎ?　繊細《せんさい》?　悪意はない?
全部　こっちのせい　Why《ホワイ》?

じゃあ、ここであんたらに聞く
なんでそんな肌《はだ》の色なの？
パパはなにしてる？
できちゃった結婚《けっこん》？
もしやママってやんちゃ？
ママとちっとも似てないんじゃや？

野球どっち応援《おうえん》する？　アメリカ派？　日本派？
基地はいる？　いらない？
きのこたけのこのノリで聞くんじゃやねえよ
全部、あんたらなら答えられるんだろうな？

葬《ほうむ》り去《さ》られた　親しき中にも礼儀《れいぎ》あり
いつも探《さぐ》られる　興味本位で
わたしは　あんたらの興味を満たすために

生きてるんじゃない
それがわかったなら　Shut《シャット》 your《ユア》 mouth《マウス》 up!《アップ(だまってろ)》

莉愛が繰《く》り出《だ》す言葉の連打が、みんなの胸へまっすぐ突《つ》き刺《さ》さっていく。
だれもが、莉愛から目を離《はな》せない。この瞬間《しゅんかん》、莉愛が意図することを、ひとことも聞《き》き逃《のが》すまいと、この場にいる全員が覚悟《かくご》を決めた。そんなふうに見えた。

くり返される　Who《フー》 are《アー》 you?《ユー(あなたはだれ)》
常に試《ため》される　Which《ウィッチ》 are《アー》 you?《ユー(あなたはどっち)》
つきつけられる　What《ワット》 are《アー》 you?《ユー(あなたはなに者)》
いつも探してる　Where《ウェア》 am《アム》 I?《アイ(わたしはどこ)》
いつも迷ってる　How《ハウ》 am《アム》 I?《アイ(どうしたらいい)》

理想と現実のはざまで
だれもがもがいてる　混沌《こんとん》のはざまで

ルッキズムの墓？　やれるはずない
Peach《ピーチ》　あんたばか？
みんな見た目の奴隷《どれい》
あんただって　いつも偽《いつわ》ってたろ？
忘れたとは言わせない

指をこめかみに押《お》し当《あ》てたり首をかしげてみせたりしながら、莉愛がわたしを挑発《ちょうはつ》する。

そして、わたしの胸にマイクを押し当ててきた。

脳みそをフル回転させて、言葉を探し回る。

莉愛は、「ルッキズムの墓たてろ」と言ったわたしに、「やれるはずない」と返してきた。

つまり、見た目いじりを自虐《じぎゃく》にして昇華《しょうか》してきた偽りのわたしを煽《あお》っているんだ。

それなら、わたしのアンサーはこう。息を整えて、莉愛に向かい合った。3《スリー》、2《トゥー》、1《ワン》。

わかってる　簡単じゃないって
すべて忘れて　レッツ、ポジティブ！

ありのまま！　……なんてイミテーション《にせもの》
それでも　わたしは　あきらめたくない
この人生を　他人に明《あ》け渡《わた》したくない

あんたらの目に映るわたしはどう？
おデブの女子？
それとも　中学生のラッパー？
見た目は　一部で全部じゃない
見た目は　わたしを語れはしない

だれもが悩《なや》んでる
だれもが傷ついてる
だれかを悩ませてる
だれかを傷つけてる

ねぇ　Chocolate　あんたが言ったとおり
わたしたちは　かよわいプリンセスじゃない
わたしたちは　戦士で同志
だから　いまここに　のろしをあげる
わたしがわたしでいられない世界と闘《たたか》ってみせる
あんたを嗤《わら》う　この世界をぶっ壊《こわ》してみせる

会場に向かって手を振《ふ》り下《お》ろすと、観客のみんなもわあっと手をのばした。
会場の熱気は最高潮だ。もうだれにも止められない。
振り返ってマイクをつきつけると、莉愛が観念したように笑った。

〈Chocolate〉
よくわかったよ　Peach
わたしも変わるとき
R.I.P.《安らかに眠れ》　過去の自分に贈《おく》れ　投げキッス

弾《はず》むリズム　Zum zum《ズムズム》……　崩《くず》すルッキズム
踏《ふ》みつぶせシステム
サーバーダウン　Dam da dam《ダンダダン》

そのラベル　はがしちゃいな
捨てちゃいな
全部　脱《ぬ》いじゃいな
無意識に植え付けられた
価値観のものさしなんか
片《かた》っ端《ぱし》から折って捨てろ

〈Peach〉
わたしは　Peach
この子　Chocolate
甘《あま》いか苦いか　見た目じゃわからない

わたしのことは　わたしが決める
あんたのことは　あんたが決める

すべてはイメージ　すべて虚構《きょこう》
いまここにいる　わたしだけがリアル
Big up!《ビッグ アップ》　Big up!《（敬意を示せ）》
わたしはわたしのままで
この人生を謳歌《おうか》してみせる

〈Peach & Chocolate〉
わたしは　Peach
わたし　Chocolate
甘《あま》いか苦いか　見た目じゃわからない
わたしのことは　わたしが決める
あんたのことは　あんたが決める

すべてはイメージ　すべて虚構《きょこう》
いまここにいる　わたしたちがリアル
Big up!《ビッグ アップ》（敬意を示せ）　Big up!
わたしはわたしのままで
この人生を謳歌《おうか》してみせる

〈Peach〉
Reboot!《リブート》（再起動）　わたしがこの手でしかける
Reboot!　もう　怖《こわ》いものなんてない
その先の世界を知りたいなら
ついてくれればいい
このビートとともに　連れ出してあげる、さあ！

最後の声をふりしぼって、マイクを持つ手を下ろした。

歓声《かんせい》がやまない。むせ返るような熱気に、息もできないほどだ。

莉愛がわたしの手を取って、高く振《ふ》り上《あ》げた。

「ピーチにリスペクトを！」

体育館が割れてしまうんじゃないかと思うほどの歓声《かんせい》が響《ひび》く。たくさんの人。たくさんの声。真っ白な光。背中をつたう汗《あせ》。手のぬくもり——。

となりには、莉愛がいる。

莉愛の美しく編《あ》み込《こ》まれたブレイズ・ヘアの横顔を見つめながら思った。

わたし、やっぱり莉愛のこと、だいすきだーって。

12

あの熱いステージのあと。

わたしたちは、興奮さめやらぬ体育館から抜《ぬ》け出《だ》して、校舎裏の芝生《しばふ》の上に寝《ね》っ転《ころ》がって空を仰《あお》いでいた。

「やったね、わたしたち」

「やっちゃったね、わたしたち」

息をはあはあ言わせながら、お互《たが》いの顔を見てどちらからともなく笑い合う。

そのとき、莉愛《りあ》のお腹《なか》がぐう、と鳴った。

「あんなにかっこよかったのに！　もう、だいなしじゃんかー」

「しかたないじゃん。生理現象なんだからさー」

笑い転げるわたしに、莉愛がむくれる。

「そうだ」

わたしは寝転《ねころ》がったまま、ポケットに手をつっこんだ。

「あった、あった。これ、あげる」

体をよじって、莉愛のおでこに桃飴《ももあめ》をちょこんとのせた。

「なにこれ」

莉愛がつまみあげて、首をかしげている。

「今朝、由快《ゆかい》がくれたんだ。しかも、大量に。『おれの気持ちだー！』とか言って。わけわからんけど、でも、うまいよ」

「ふうん？」

莉愛が袋《ふくろ》を開けて飴を取り出して、じっと見つめた。

「萌々《もも》さんや」

「なあに」

「これは、わたし、いただけませんですわ」

「え、なんで？　わたしの分ならもうひとつあるよ。ほら」

「いや、そういうことじゃなくてさ〜」

莉愛がくすっと笑う。そして、寝転がったままわたしの頭に自分の頭を寄せると、飴《あめ》を空にかざして見せた。

「ほら、これをこうするとだね」

「ん？　……ん？」

莉愛が、桃の形の飴を上下にひっくり返す。

「え、は？　いや、え？　まさか！」

思わずはね起きて莉愛を見ると、莉愛はおもしろそうににまにま笑いながら、桃飴をわたしの手にのせた。

てのひらに、桃色のハートがころんと転がった。


鏡の前に立つと、制服を着たわたしが、まっすぐ見つめてくる。

いつものようにマスクをつけようとして、やめた。もう、わたしには必要のないものだから。

まだ胸のあたりがふわふわと落ち着かない。あれは、ほんとうに現実だったのだろうか？

あれから、スマホの通知音がひっきりなしに鳴り続けるものだから、返信をあきらめて電源を切っていた。ひさしぶりに電源を入れて立ち上げると、通知の数がとんでもないことになっていて、思わずスマホを落っことしそうになった。

未読メッセージをかきわけて、一件のメッセージにたどりつく。

茉《ま》奈《な》）今日から登校します

茉奈も、一歩を踏《ふ》み出《だ》そうとしているんだ。茉奈のリブート——再起動を、わたしは全力で応援《おうえん》するつもり。

リビングに行くと、ママがキッチンから顔を出した。

「おはよ。ご飯の量、どれくらいにする？」

「うーん、じゃあ、今日は大盛りで！」

「りょーかい！」

お茶碗《ちゃわん》にもりもりに盛られたご飯をかきこんで味噌汁《みそしる》で流《なが》し込《こ》むと、「ごちそうさま！」と手を合わせた。それから、カバンをひっつかんで、玄関《げんかん》に向かう。

玄関では、おろしたてぴかぴかのベージュ色のコンバースが、ちょこんとわたしのことを待ちかまえていた。ついに昨日、自分へのごほうびに、おこづかいをはたいて買ってしまった。

やせたら履《は》こう。前まではそう思っていたけれど、履きたいと思ういまがわたしにとって最良のタイミング。そう思い直したんだ。

細身の靴《くつ》にそうっと足を入れてひもを調整すると、思っていたより履《は》き心地《ごこち》は悪くない。きっと、これから、わたしの足になじんでくれるのだと思う。

玄関《げんかん》のドアを開けると、透《す》き通《とお》るような秋晴れがまぶしくて、思わず目を細めた。沖縄の冬はまだまだ先だ。それでも朝はずいぶん涼《すず》しくなってきた。澄《す》んだ空気の中を、時折、夏のおいてけぼりみたいな風が優《やさ》しく吹《ふ》き抜《ぬ》けていく。

門を開けて外に出ると、一台の自転車がびゅんと通り過ぎていった。あわてて通りに飛び出して、見慣れたうしろ姿に向かってさけぶ。

「そこの自転車、止まれー！」

キキキキキイーッとけたたましい音を立てて、自転車が止まった。寝《ね》ぐせ頭《あたま》の由快がこっちを向く。

「なんだよ、朝っぱらから」

「これ！　これのことなんですがっ」

カバンの中から桃飴《ももあめ》をつかまえて、由快に差し出した。あの日から、ずっとこのことばかり考えている。ほんとうなら、ステージで成《な》し遂《と》げたことの余韻《よいん》にひたるべきなのに、わたしとしたことが頭の中がピンク色でいっぱいで、この週末、ずっとそわそわしていた。

「これって、もしかして、あれですか？　ひとりとひとりが集まれば、生まれちゃう特別な感情の、」

だめだ。由快の顔、まともに見られないや。

「タロのこと、好きなのかってこと？」

こくこくこく、とうなずくと、由快が、はーっと肩《かた》を落としてあきれたように言った。

「ようやく気づいたか。この、にぶ太郎《たろう》」

「えー!!!　いつから!?」

「いつって、ずっと前から？」

「ふぬっ！」

こここ、こういうときって、いったいどうすれば！

口をあわあわさせていると、由快がぷっと吹《ふ》き出《だ》した。

「いいよ。べつに、いままでどおりで。だって、タロ、おれのことそんなふうに見てないのわかってるし」

こんな大事な話を聞いて、いままでどおりでいられるわけないだろが。こいつはほんとうに、正真正銘《しょうしんしょうめい》のおばかだ。

「そんなふうに見てなかったってのは、そうなんだけど……。っていうか、だれのこともそんなふうに見てなかったっていうか。そういう感情を無意識に封印《ふういん》してたっていうか。だって、こんな見た目だし、こんなことがわが身に起こるなんてつゆほども思わなくてですね」

「タロはかわいいよ？」

「んなっ」

「タロはかわ」

「やめー！　やめやめやめやめ──────い!!!!」

鳥肌《とりはだ》をおさえてあとずさると、由快が笑った。

「なに。おれのこと好きになる可能性がありそうなの？」

「それは……、ごめんなさい。わかんない。……いまは」

「いまは、ね。ふうん……。じゃあ、やっぱり、いままでどおりにするしかないじゃん？」

「まあ、そうだけど……。うーん、んんん……？」

「はは。せいぜい悩《なや》め」

由快がからっと笑う。その笑顔《えがお》が、なんだかちょっとおとなっぽく見えた。由快のくせに、許せぬ。

やつから無理やり自転車を奪《うば》った。サドルにまたがり、足に力をこめてペダルをこぐ。

「あ、おい！　なにしてんだよ。おれの自転車ー！」

「借りるねー！」

やたらまぶしい朝の陽《ひ》ざしを浴びながら、わたしを乗せた自転車は、風をきってびゅんびゅん進む。頰《ほお》に当たる風がやわらかい。

まだ夜のにおいがほんのり残る住宅街を抜《ぬ》けると、目の前にゆるやかな上り坂が現れた。

「よっしゃあ、スピード全開ぃ～！」

サドルから腰《こし》を浮《う》かせて、思いきりペダルをこぐ。ぐいぐいと坂を上りきると、ずっとむこうに海がきらめいているのが見えた。

耳の奥《おく》でビートが聞こえる。アップテンポで心地《ここち》よいリズム。それに重ねるように、唇《くちびる》から自然と言葉がこぼれ落ちていく。足もとではねるひとつ星。

わたし、きっと、どこへだって行ける。
どこまでだって行ける。
どこにいたって、ビートにのり、バースを蹴《け》っ飛《と》ばしながら生きていく。
いつだって、ハンドルをにぎっているのはわたしなんだから。

福木《ふくぎ》はる

沖縄県出身、千葉県在住。琉球大学教育学部卒業。小学校教諭を勤めた後、子ども支援の活動に従事。2023年、『ピーチとチョコレート』で第64回講談社児童文学新人賞佳作を受賞。

ピーチとチョコレート

2024年11月12日　第1刷発行

著者――――――福木《ふくぎ》はる
装丁――――――岡本歌織（next door design）
装画――――――WAKICO
発行者―――――安永尚人
発行所―――――株式会社講談社
〒112-8001
東京都文京区音羽2-12-21
電話　編集　03-5395-3535
　　　販売　03-5395-3625
　　　業務　03-5395-3615

KODANSHA

印刷所―――――株式会社精興社
製本所―――――株式会社若林製本工場
本文データ制作――講談社デジタル製作

N.D.C. 913　223p　20cm　ISBN978-4-06-537390-3
定価はカバーに表示してあります。

この作品は、第64回講談社児童文学新人賞佳作に選出された、同タイトルの応募作に、加筆・修正したものです。

本文用紙の原料は、伐採地域の法律や規則を守り、森林保護や育成など環境面に配慮して調達された木材を使用しています。【本文用紙：中越パルプ工業　ソリスト(N)】